ウェルカム・ニッポン
松尾スズキ
白水社

ウェルカム・ニッポン

装画　しりあがり寿
装丁　山下リサ

目次

ウェルカム・ニッポン

登場人物

早乙女太一郎
早乙女トメ
エイドリアン・コーエン
蒲生昭三
弁慶
黒田五郎
黒田アカネ
黒田文治
バルさん
ミヤコ
朝丸
白石恵
詠美
運慶
ピンチャック・シェットワージャック・コーンチャーワン・ワーガイローン

生徒・会田
生徒・大麻
生徒・草間
梅図幸子
弘樹
ゲリラ1
ゲリラ2
酋長
男
牛頭

ヒトラー
モノノベ
エヴァ
ゲッベルス
親衛隊員

ベニア板で作られた簡素な舞台。
美しい音楽が流れる。
その背景いっぱいに映像が映る。
それは9・11のニュース映像。

N（ナレーション）「2001年9月11日。世界中の人々が忘れられない哀しみを共有しました。テロリストにハイジャックされた2機の旅客機が、ニューヨークの世界貿易センタービルに激突。多くの人命が奪われ、ビルは、瓦礫《がれき》の山と化しました。彼女はそのとき、17歳、ハイスクールへの通学途中、その爆発事故に巻き込まれそうになったところを、日本人の留学生に救われたと言います」

やがて荷物を持ったエイドリアンが、階段らしき場所に浮かび上がる。

エイドリアン「（咳払《せきばら》い。人前で日本語を喋《しゃべ》るのを練習している様子だ）初めまして。こんにちは。私は、ニューヨークから………生れていて、ずっと、いつもは、外人のアメリカ人です。………名前はエイドリアン・コーエンです。28歳になりました。すいません。日本語は少しだけ。2年間、マンハッタンの日本語学校で勉強していました………。好きな日本の果物《くだもの》の寿司《すし》は………ノー、待って、違う、あー、お好みの、日本のお好み焼の寿司の果物は………ノーノー。ごめんなさい。果物を好む。ノー………果物を好むことをお許しください。（微笑《ほほえ》む）それでは、（ギターを突然出して）歌います。………。私が、3年間、ニューヨークのクラブでシンガーだったからです」

日本語の字幕がテロップで出る。
演奏を始めるエイドリアン。

［英語のセリフ］

17歳だった
歌を歌うのを夢見ながら
いつものように学校に向かっていた

その日、2機のジャンボジェットが
不自然に旋回して
目の前のビルにつっこんだ
誰しもが思った　まるで映画みたいだと
でも映画でも悪夢でもなく
やがて現実だと気がついた
頭の上からふりそそぐ
瓦礫やアメリカ人そのもの
恐怖におびえ　立ちつくす私を
抱きかかえ、救ってくれたのが
その音楽学校に通う日本人だった

［ここから歌：すべて英語］

♪牛頭《ごず》さん
彼は私のヒーロー
片言《かたこと》ではげましてくれた
心配しないでと
その、曇《くも》りのない眼は

彼は本物の一重まぶただった
完璧な一重《ひとえ》まぶた

この地球に生れて
初めて見る一重まぶた
奥二重《おくぶたえ》とかじゃなく
ど真ん中の一重まぶた
疲れると二重《ふたえ》になる人もいるけど
その可能性もまったく感じられない
彼は言った
ボクの目、アーモンドっぽくね？　と
私は言った
でも、私はアーモンドが好きよ
ピスタチオは形がかわいい
カシューナッツはあんまり好きじゃない
歯クソがやたらと詰まるから

［ここらから大人計画合唱団が出てきてコーラスになる］

♬牛頭さんをたずねて
私はやって来た
彼は言った
困ったときはボクを訪ねてと
10年いつも心で想ってた
あのアーモンド男の国に
私は、会いに来た
こんにちは（こんにちは）　ニッポン
こんにちは（こんにちは）　ニッポン

歌の途中からニッポンのごみごみした喧騒《けんそう》のＶＴＲが浮かび上がる。

N「エイドリアンさんが心に思う人。牛頭《ごず》さんは、日本に帰って、埼玉と東京の間の小さな町、轍区《わだちく》の高校で音楽の先生になりました。それから二人は何年もメールでやりとりをし、彼女は牛頭さんとの愛が深まって行くのを感じていました。そして、二人は再会の約束をしました」

エイドリアン「でも、今年の3月11日を境に、牛頭さんと、連絡が取れなくなったのです」

N「一度はあきらめかけていた来日。それから2カ月。とうとう彼女は決意を固めました。たった一人で、憧《あこが》れの国、ニッポンに、はるばる海を越えて牛頭さんを探しに来たのです。彼女の旅はまだ始まったばかりです」

道路。夜中。
「害虫・害獣駆除なら　バル」の看板の付いた掘立小屋が立っている。
いつの間にかタクシーがいる。
メモを持って自動販売機の近くをうろうろしているエイドリアンの隣で停まり、クラクションを鳴らす。
中から運転手の蒲生昭三《がもうしょうぞう》が顔を出す。

蒲生「うわ。もしや外人かと思ったらめちゃくちゃ外人」

エイドリアン「…………なんですか？」

蒲生「あ、失礼。あれ、えーと、待て待て、失礼ってなんて言うんだっけ。出て来ねえ。待って、あー（舌打ち）待って、すら出てこない。…………わ、もはや英語なんにも出てこない。あー、タクシー？　を、必要？　…………ああん、必要ってなんだっけ」

エイドリアン「必要、わかります。ニーズです」

蒲生「それだ」

エイドリアン「だけど、私、お金使えるの、少しだけだから」

蒲生「ニーズ！　そう、ニーズ！　あー、なんだ。けっこう喋れるじゃないの。（ため息）ふー。じゃあ、話しが早いや」

エイドリアン「…………日本語、すこしだけ。だけど、今日、アメリカから日本に来たのばかりだから。私」

蒲生「すっげ。偶然だなあ。私もねえ、今日の今日、個人タクシー始めたてなんです」

エイドリアン「…………（微笑む）」

蒲生「日本に来たて。タクシー始めたて。なんかテレパシーを感じますよね」

エイドリアン「（英語で）ごめんなさい。私、疲れてて」

蒲生「こりゃあ、ちょっと緊張してる場合じゃないぞ。出ていいすか。（車から）出るぞ。出れるのか？　出ました。…………えーと、とりあえず一つアドバイスすると、轍区はね、夜道治安が悪いんでね、女一人で歩《ある》ってると危ないんすよ、まじで」

エイドリアン「…………ごめんなさい。ここは、轍区なのですか………」

蒲生「今、だから、轍区って言ったよね」

エイドリアン「…………」

蒲生「あー、べしゃりが早過ぎると。はいはい。とにかくこのへんで怖いのは、中国人ね。………チャイニーズマフィア。お、今の、スッと出た。うれしい。あと、ヤンキーね。ヤンキーは自動販売機の灯《あか》りに吸い寄せられてくるから。この辺の自動販売機は基本危険だと思ってください。あ、マックスコーヒーが置いてあるところは特にやばいです。甘過ぎるからね。甘い臭いをかぎつけて集まるから。これは、ヤンキーだった俺が言うんだから間違いない。あ、ヤンキーは英語だからわかりますよね。………あと、この道からそっち埼玉だから。埼玉の畑のほうからタヌキが遠征してくるのも注意してください。こいつらも、やっぱり自動販売機の灯りに吸い寄せられてきますから。結果的に、ヤンキーとの生存競争でかなり凶暴化しております。あ、でも大丈夫、ここはほれ、あそこに害獣《がいじゅう》退治のプロとホームレスの中間みたいな、じじいが住んでるから。あ、タヌキがわからない？　タヌキは、えー…………ラクーン？　（顔が輝く）わかります？　ラクーン！」

エイドリアン「はい。わかります。すみません（メモを示して）、ここは輸区の…………どこですか……」
蒲生「うわ、出ちゃったな！　ね。今、ふっと首筋のあたりにラクーンが降りて来たもの！　すげ、ラクーンなんて口にしたことないぞ！　あなた、俺の、英会話のトビラ開けちゃったみたいよ。マイ・イングリッシュ………ええと、セーフ⁉」
エイドリアン「………パーハップス」
蒲生「え？」
エイドリアン「パーハップス」
蒲生「なに言ってんのかわかんないけど、うれしいー！　ごめんなさいね、おじさん、ちょっとこのへん歩いていい？」
エイドリアン「………エクスキューズ・ミー？」
蒲生「いや、ほんとは走りたいんだけど、それじゃ大人げないし、かといって、ジッともしてらんない気分だから、ゆっくり歩きますわ、自分」
エイドリアン「…………」

車から出て『歩いて帰ろう』を口ずさみながら歩き回る蒲生。に、スポット。

N「輸区で、個人タクシーの営業を始めたばかりの蒲生昭三《がもうしょうぞう》さん、40歳。エイドリアンさんが東京で初めて喋った日本人は、ゴミくずみたいな人でした」

エイドリアン「ごめんなさい！　ちょっとごめんなさい！　私はとても疲れているんです！もう、4時間。道に迷いました。私は…行くところがあって、あるのに、道に迷っている。（メモを見せる）お願い。道を教えてください」
蒲生「まっ………ま、待って！」
エイドリアン「ウァッツ⁉」

楊枝《ようじ》をくわえ、ちょんまげを結《ゆ》った運慶《うんけい》が携帯で話しながら現われる。

運慶「…………あ？　だからナプキンじゃねえよ、おしぼり！　日本来て何カ月たちゃ覚えるのかの。おーしーぼーり！　ギュッとしぼるだろ。ギュッとおしぼるだろ？　ギュッとおしぼらないのか？……だろ？　ギュッとおしぼられ、おしぼる関係だろ、だからおしぼりだよ。いい加減覚えろ、この発展途上国野郎が。２００本。そう。スナック、メリケン波止場ね。そう。間違えるな。……OK？　ナーバディン、カーウガイ、ダンサップープ。バイバイ（切る）」

自動販売機に小銭を投げ入れて、マックスコーヒーを買う。

運慶「（飲んで）んー効くー。おまえはどこのマックスじゃ？」
エイドリアン「ヤンキー？」
運慶「…………ちっちっち」

エイドリアン「ヘルボーイ？」

蒲生「（思わずエイドリアンをぶん殴る）」

運慶「…………ちっちっち………ヤクザ」

蒲生「運慶《うんけい》さん、ちゅす」

運慶「よ。蒲生ちゃんよ、わかる？　王将でさっ。餃子《ぎょうざ》7皿。ホイコーロー1皿。チンジャオロース？2っ皿食ってよ、口ん中で油がギッタギタに戦ってるところに注ぎ込むキチガイじみた甘さのコーヒー。な？　その、暴力で暴力を抑え込む快感………どうさ？」

蒲生「最高す。運慶さん、今日もメリケン波止場《はとば》すか？」

運慶「お？　メリケン波止場でさ、マイク片手にさ、キッチョムの水割りかたむけながら、あ？『サチコ』を歌う予定よ俺さ」

蒲生「『サチコ』！　ばんば………ばんばひろふみ？」

運慶「（首を振り）ニックニウサ」

蒲生「今日は、〝サ縛《しば》り〟すか？」

運慶「〝サ縛り〟さ。…………その外人、なにさ」

蒲生「あ、これね。客す。個人になって初めての客す。なんか道に迷ってるみたいで。なんかウエストポーチつけた残念なアメリカ人す。挨拶して」

エイドリアン「…………こんばんは」

運慶「ふーん…………（後ろ向いたまま）メリケン波止場の黒田兄弟《くろだきょうだい》さ。あれさ、確か英語しゃべれっさ、もしなんか困ったら、連れてくるがいいさ…………（激怒）やめていいのか、〝サ縛り〟とか！　誰も得しねえし」

蒲生「なんにも言ってないす。なんにも異議ないす」

運慶「(後ろ向いたまま)蒲生ちゃん、弁慶《べんけい》に金借りたらしいのー」

蒲生「(苦くうなずく)70万。(さらに苦く)これの開業資金。(もっと苦く)自由のために」

運慶「いずれ言おうと思ってたけどよ。今、あいつの、ホストクラブな、傾いて金に困ってッからよ。債権《さいけん》、わしに売りたがってんだ。早くけーしたほうがいいぞ。同級生だからってよう、金の話だけは油断すんな。弁慶は、あいつは、そのへん、ドライな男だぞ。お? 俺に債権まわって来たら、おまえ、メリケン波止場のチーフみたいに俺に……かわいがられるぞ。の?……………ま、それ見学しに、あとで店に、来い」

蒲生「はい。もちろん」

運慶、去ろうとするが、後ろを向いたまま。

運慶「ヘイ! ガール! ウワッチャネーム!」

エイドリアン「………あ?」

運慶「(いらいら)ウワッチャネーム!」

蒲生「だから、あなたのー、名前はぁ? ………外人に英語の通訳って」

エイドリアン「………エイドリアン。エイドリアン・コーエン」

信じられないほど目を剝《む》いて驚き、思わずしこを踏む運慶。

N「運慶さんは元幕内力士《まくうちりきし》。後輩へのかわいがりが、傷害事件になって部屋を追い出されて以来、意地でもちょんまげを落としません。現在、運慶さんは、スナックにおしぼりをリースしたり、お金のために暴力をふるったり、女を風俗に売りとばしたり、ただなんとなく暴力をふるったり、そんなことをして生きている、ひとでなしです。…………運慶さんがエイドリアンさんの名前に衝撃を受けたのは、大きなわけがありました」

運慶、去る。

エイドリアン「………あの人は」
蒲生「いい。あの人のことは忘れて。悪いもの見せちゃったね。この町のダークサイド、いきなり見せちゃったね。でも、逆にあれ以上のダークサイドはもうないから。そういう意味では早めに見といてよかったと思う」
エイドリアン「……………」
蒲生「ＯＫＯＫ、乗っちゃって！　エイドリアン。（エイドリアンの荷物を持って）住所書いてアンでしょ、それ。カーナビついてっから、どこまでも行っちゃいますよ。さ、ライドオン！　ね？　また出た！　あ、待って！　来たよ。（もったいつけて）さっき、俺、『待って』が出てこなかったよね」
エイドリアン「………はい」
蒲生「ウェイト（といってものすごく天狗に）」

エイドリアン「………（力なく首を振って）グッド」

蒲生「（タクシーに招き入れる仕草）」

エイドリアン「私、もっこり言います」

蒲生「………はっきりじゃなくて？」

エイドリアン「…………もっこり言います」

蒲生「ん、まあまあ、もっこり言いたいときもあるか！」

エイドリアン「私、使えるお金が、本当に少しだけね。飛行機にたくさんお金を使いました。もう、あまり使えない。だから歩いて日本の友達を探していたのです」

蒲生「（うなずいて）オーケー。………メーターはごめんなさい、倒す。俺がメーター立ててたら、みんなが真似すっから。蒲生タクシーかっこいい、客乗せてメーター立てちゃっておしゃれー、つって、みんな立てて走ったらタクシー業界、全滅っしょ。そんな馬鹿な！　ただ、（かっこつけて）今日は、いくら走っても、おねえさんがタクシーに使える金だけ。それでいいんだ。テレパシー感じてるから」

エイドリアン「（遮《さえぎ》って）ありがとうございます」

蒲生「………さらっと食《く》い気味《ぎみ》に受け入れたね。いいねえ。会社だと、そんなんしたら怒られっけど、いい？　個人は？　怒られない！　それが強みね。なははは（携帯がかかってくる）ウェイト！（一心不乱にポケットから携帯を探す）」

N「他人に怒られたくない。その一心でがむしゃらに資格試験に合格し、蒲生さんは友達に借金までして、この若さで個人タクシーの免許をとりました。経験も教養もないくせにプライドだけは人一倍。蒲生さんの心はずいぶん前から、腐っていました」

エイドリアン、乗ろうとしている。

蒲生「(電話切れた)やべ。あーもう、ウェイトって言ってんだろ、こら」

別の場所。

店のドアから出てくるホストの弁慶。

安っぽいトランスミュージックが店内から聞こえてくる。

ドアの向こうに、ホストクラブ『ニュー弁慶』の内部が見える。

客で来ているものすごい毛皮を着たミヤコが、ホスト達にちやほやされながら顔を出す。

弁慶「………あんのやろう。なにすかしてやがんだよ」
ミヤコ「弁慶ちゃん、なにやってんのお。なんだよ、スマートフォンなんて似合わないっつの。男どブスが」
弁慶「あ、ミヤコ姉さん。勘弁してくださいよ、ブスも携帯使う時代ですよお」
ミヤコ「(目の上に目を書いている)助けてよ。あたし、冗談で目ぇ書いてんのにさ、この子たち、レディー・ガガだレディー・ガガだって、うっさいのよ。若いからもお。こっちゃあ、うけたいのに、セクシーだセクシーだって、もう、お互いのやりたいことが、がっちゃがちゃになっちゃってるから」
ホスト達「ポ、ポ、ポ、ポカフェイス、ポカーフェイス!」

ミヤコ「ママママー。…………も、声でないし、ほら、なんであたしがママママのほうなの？　がっちゃがちゃでしょ？　助けてよ」

弁慶「あははは。あははは」

エイドリアン「………ごめんなさい。あの、住所のメモを（クラクションを鳴らす）」

蒲生「（かけ直して）うっせ、さわんな、俺個人のローンで買った車だぞ、この金髪豚野郎。あえて今頃、金髪豚野郎」

弁慶「（携帯が鳴るので出て）蒲生てめ、携帯出ろよ、気どりやがってバカ野郎。瘦《や》せぎす貧乏この野郎」

蒲生「（低姿勢に出て）ごめーん。弁慶くん。ごめんごめん。ポケットが携帯、がっつり咬《か》んじゃっててえ」

弁慶「やかましい。蛇か？　おまえの携帯はよぉ。3回目だよ。携帯出ないことで自分の価値上げようとする癖やめてくれる？　見え見え」

蒲生「違う違う、いやだなー。運転中は、集中してたもんで。ほら、あの、なにせ初めての個人だから、一個《いちこ》人《じん》だから」

弁慶「個人個人きどってんじゃねえよ。今月分の支払い、5万。3日過ぎましたけど？　まだ振り込まれてませんけど？　俺、思わず通帳とＡＴＭ２度見したぞ………（ドアに）悪い、ドア閉めて！うっせえから！」

ホスト・朝丸「ダメっす！　ミヤコ姉さんがはさまってるっす！」

ミヤコ「（はさまったまま）ニューヨーク・シティー！」

弁慶「………わけわかんね。蒲生さあ、始めっからこんな調子で行きたいわけ？　なあ、親友に

5年の月賦《げっぷ》で借金してこの感じでスタート切るわけ？」

蒲生「だいじょぶ、今、いやいやいや、ほんと、太い客つかんだから」

弁慶「甘いわ。正直、おまえが俺に金借りに来たときよ。俺、逆に嬉しかったよ。ただの幼馴染《おさななじみ》って関係を超えてさあ、大きな金の貸し借りをするってことで、おまえは、俺を一人前として認めてくれてさ、社会人対社会人っていう一つ上のステージに行こうとしてるのか、って、そう思って喜んで貸したよ。おまえ、俺しか友達いないでしょ？　そのたった一人の親友に金借りるっていう、ナーバスな問題をよ、踏み越えて来てるヒリヒリ感をわかってのうえでの話かと思ったらよう、初っ端《しょぱな》からこれじゃ、ただの甘えじゃねーの？　だったら最初っから友達だから70万、くださいって、土下座《どげざ》しろって話しじゃね？」

蒲生「そこまで……言うかな……」

弁慶「俺が聞きてえのは、人に怒られたくなくて個人タクシー始めてよお、初日にここまで友達に説教されるっていう、その人生の皮肉について」

朝丸「店長」

弁慶「（見ずに）うっせ、朝丸《ちょうまる》」

朝丸「わたくし朝丸、ミヤコさんからヴーヴ・クリコいただきまして、今月もナンバーワン、決定となりました！」

弁慶「ちょっとは真面目《まじめ》におまえ、（急にコール）ハイハイハイハイ！　ハイハイハイハイ！　ヴーヴ・クリコで、ハイハイハイ！」

蒲生「弁慶くん？」

弁慶「はい、ミヤコのクリコがカッチカチ！」
ミヤコ「（声に出さずにうける）」
弁慶「うけたどー！」
ホスト達「あい、クーリコ、クリコ、クーリコ」
弁慶「飲んじゃって！」
ホスト達「クーリコ、クリコ、クーリコ」
弁慶「いっちゃって！」
ホスト達「フーリオ、フリオ、フーリオ」
弁慶「イ、イグレシアス！」
ホスト達「くーにえ、たなか、くーにえ」
弁慶「まだ子供が食べてるでしょうが！」
ホスト達「はい！　ぜんぜん似てなーい！」
弁慶「じゅん！」
ホスト達「ぜんぜん似てなーい」
朝丸「だから、店長、罰《ばつ》ゲーム！」
ミヤコ「手作りおはぎが出てくるよ（風呂敷からおはぎを出す）！」
ホスト達「出たよ、店長、食べちゃって！」
弁慶「やったー！」
ホスト達「おーはぎ、おはぎ、おーはぎ」

ミヤコ「ほれ！（地面に投げる）」

間。

町丸「………店長、朝丸、ミヤコさんに顔立ちませんので、地面のボタモチ食べちゃって」
ミヤコ「（朝丸の頭を瓶で叩き割って）おはぎじゃ！　5万円のぅお、ブーブクリコ入れたミヤコのぅお、手作りおはぎが食べれないのかい？　この（毛皮を脱いで、下着一丁になる）ニューヨーク・シティーー！（携帯に電話がかかってくるので出る）」
弁慶「…………？　…………？　う、うほほーい（必死の形相《ぎょうそう》でおはぎを食らう弁慶）」

などと続けている間、「弁慶くーん！」と、叫び続けている蒲生。

N「この町の繁華街《はんかがい》で小さなホストクラブを営《いとな》む弁慶さん。元々、運慶さんがいた相撲部屋の弟弟子で、蒲生さんの同級生です。やっていることは、残念ながらバカにしか見えませんが、彼は店長として精いっぱいに生きています。そんな運慶さんに、店の人間はどん引きです」

ズボンについたゴミを神経質にはらう弁慶。

ミヤコ「娘がさあ、店に来たいって言うんだけど、呼んでいい？　17歳だけからギリギリアウトだけどいいよね」

弁慶「………全然アウトですけどいいですよ、もう。（どうにかドアを閉めて）くっそ…（泣くのをこらえる）ばがやろ。…………とにかくよ、今、客がミヤコさんしかいなくて完全に煮詰まってるからよお。頼むぜ、金は待つからよお（と蒲生に携帯電話で言いながらドアの向こうに帰っていく）」

蒲生「あ、ああ！　女ね！　うん、うんうん。ちょっと、何とか都合つけるようにするから。そのー、借用書だけは、運慶さんに売らないでね、俺、まじ、あの人だけは勘弁《かんべん》だから。………絶対だぞ！」

蒲生がそう言っている間、エイドリアンは車から降りて何度も住所の書いた紙を渡そうとしている。

蒲生「うっとうしっつの、今、友達と話してるだろが！（紙をくしゃっと丸めて捨てる）メモメモうっせぇよ！」

間。

エイドリアン「（傷つき、英語で震える声で）拾いなさい！」

蒲生「…………あ？」

エイドリアン「…………タクシー・ドライバー！」

太鼓と三味線。
メモを追いかけたエイドリアン、怯《おび》える。
目の光ったタヌキが出てくる。

蒲生「タヌキだ！」
タヌキ「きしゃー！！　きしゃー！（メモをくわえる）」
エイドリアン「（追いかけようと）ラクーン！　ノー！　ラクーン！（英語で）私のメモが、牛頭さんの住所がもって行かれる！　神様！」
タヌキ「きしゃー!!　きしゃー！」
蒲生「だめだめ！　（エイドリアンを突き飛ばす）デンジャラス！　モスト・デンジャラス・ビースト！」
エイドリアン「なんだ、これ!?　思ってた東京と違うよ!!」
蒲生「あれは、埼玉からの奴だから！　埼玉が東京にかけてる呪《のろ》いだから！」

タヌキ、去る。

エイドリアン「（英語で）ありえない。なんてことしてくれたの！　ばかじゃないの！　住所のメモがなかったら、牛頭さんのところにたどりつけないじゃないの！」
蒲生「しーっ！　しーっ！　大丈夫！　大丈夫、だから」
エイドリアン「なにが大丈夫か！　バカなのか？」

蒲生「落ちつけ……落ちつけ。蒲生、落ち着いて考えろ。………（手を叩く）よし。二つ選択肢があるぞ」

蒲生、バルの小屋を指さす。

蒲生「ね。やっぱりエイドリアン、あんたついてる。大丈夫。だって、目の前にいるもの。害獣駆除のプロが。ＯＫ？　バルさん！」

エイドリアン「ばあさん？」

蒲生「いや、じいさん。じいさんのバルさん。ものすごく歳とってる。ガチで歳とってるけど、ひかないで。おい！　バルさん！　タヌキ出た！　おい、バルさん！　タヌキ出たから！（激しくノックする）出てきて！　出てきて！」

激しく鳴きながら鎖に繫《つな》がれた猛犬が出てくる。

エイドリアン「（悲鳴を上げて自動販売機のかげに隠れる）」

蒲生「うわ！　びっくりした！　ちょっとバルさん！　犬なんとかして！　犬！」

ものすごい老人でサングラスでチョビ髭《ひげ》のバルさん、素っ裸で登場。
片腕がバールになってる。

バルさん「よーしよしよし！」

エイドリアン「ぎゃあああ！」

バルさん「鳴くな鳴くな、ゲッベルス！」

蒲生「はい！　はい！　ひっこもうか。一回ひっこもうか！」

バルさん「おお？　タヌキだろ。また、悪さしたのか？　今退治すっから」

蒲生「うんうん。その前にタヌキより良くないものが今出ちゃってるから、とりあえずひっこもう」

バルさん「だってよ。ゲッベルス、ハウス！」

蒲生「あんただよ。あんたがハウスだ！」

バルさん「俺か？」

蒲生「あたりめえだよ。なんで裸なんだよ！」

バルさん「なんでって。………あんた。やだな。へへへ」

蒲生「なんで笑ってんだよ、気持ちわりいな。やめろ、その恵比寿顔」

バルさん「若いの、考えてくれよ。そもそも俺みてえな爺さんがよ、服なんか着てるの見たいか？」

蒲生「………消去法で言ったら、きったねえ裸よりは見たいよ。だから早く服着てこいよ、きったねえから」

バルさん「照れくせえなあ、今さらよう…………（ごにょごにょ）言っとくけどよお、お爺さんだから、ちょっとだけだぞ」

蒲生「あ？」

バルさん「（ごにょごにょ）だから、お爺さんだから、ちょっとだけだぞ」
蒲生「あ!?」
バルさん「（ごにょごにょ）だから、お爺さんだから、ちょっとだけだぞ」
蒲生「お爺さんだからちょっとだけとかねえんだよ、洋服着る世界に。いいからひっこめって！」
N「バルさんは、戦後間もない頃、轍区にふらりと現われました。バルさんの過去は誰も知りません。バルさん自身に記憶がないからです。左手がバールのようなものと合体しているから、みんなは、バルさんと呼んでいます。かわいそうな人であることだけは、確かです」

バルさん、やっとひっこむ。

蒲生「エイドリアン！　行ったからバルさん！」
エイドリアン「（出て来てため息）なんなのですか？　私の思っていたニッポン、こういうのと違うよ。ソフィア・コッポラの映画と違うよ。アジアですか？　ここはアジアの小国なのか？」
蒲生「………そうだよ」
エイドリアン「…………そうでしたね」
蒲生「もっこり言えばね」
エイドリアン「…………私は、もう、不安でしかたないです」
蒲生「大丈夫、裸であることをのぞけば、腕は確かだから。それよりさ、もう一つの選択肢だ。……覚えてないんですか？」

エイドリアン「…………は⁉」
蒲生「いや、メモみたいの持って、3時間もうろうろしてたんだろ？　普通、その間に覚えてんじゃないですかって疑問が今わいたわけ。行き先の住所。ね。覚えてなかったらバカだぞ…………あ？」
エイドリアン「…………（動揺する）東京」
蒲生「ああ。もちろん。それで？」
エイドリアン「わが…………わがちく」
蒲生「…………わがちくではない」
エイドリアン「わだくち？」
蒲生「まあそこはいいけど、俺がナビに入れたいのはその先だ」
エイドリアン「わくだち？」
蒲生「その先だって」
エイドリアン「…………うっふふっふ、うーん」
蒲生「ん？　ん？」
エイドリアン「わだ………（ごまかして笑う）。ちゃんと、覚えてきたこと、いっぱいあるよ」
蒲生「うん。なんで笑ってるのかわかんないけど、それを言おう」
エイドリアン「もー（笑いながら）うけるよー」
蒲生「どうした？　なんのスイッチだ？」
エイドリアン「（笑いながら）すべらんなー！」

蒲生「待て待て待て」
エイドリアン「いうよねー！」
蒲生「なに余計なの覚えてきてんだよ！」
エイドリアン「ジャパニーズ・サムライ。ミフネいきます」
蒲生「え？　ネタ？」
エイドリアン「…………（だみ声で）おっじょが、むじゃむじゃのすけ、そこそこ、じょじょむら、でござる」
蒲生「なんだそれ？　そこそこじょじょむらってなんだよ。あんた日本バカにしてるだろ」
エイドリアン「（ウエストポーチのジッパーを開ける）腹切りごめん！」
蒲生「なんだよお…………」
エイドリアン「…………（小さく）こじゃっ」

ウエストポーチの中のものが地面に散らばり、倒れこむエイドリアン。

蒲生「…………なんか、めんどくせえやつひろっちゃったー！　おかあさーーーーーん！」

小屋から服を着たバルさん、ものすごい機械を持って出てくる。
音楽。

［大人計画合唱団による「かわいそうなエイドリアン」］

♬かわいそうな　エイドリアン
かわいそうな　エイドリアン
右も左もわからないのに
覚えてなかった
たった2行の住所
笑ってごまかした
切腹でごまかした

N「エイドリアンさんも、そこそこなバカでした。しょっぱなからこんなことで、エイドリアンさんは愛《いと》しい牛頭さんのもとにたどりつけるでしょうか。…………これは、エイドリアンさんと、轍区《わだちく》に住む人々が、日本の片隅で、短くて濃密な日々を過ごした記録です…………ウェルカム・ニッポン」

『ウェルカム・ニッポン』と、スライドでタイトルが出る。
語り手（例えば）萬田久子。
語り手のPVのような映像。

スナック『メリケン波止場』。

カウンター内にママのアカネ。みかんを食べているトメ。

えびす顔の早乙女太一郎がカラオケで『ネバーエンディング・ストーリー』を歌っている。

それにとてもおもしろい合いの手を入れてる店員の黒田《くろだ》文治《ぶんじ》。

その傍《かたわ》ら。運慶がベンガロン人のビンチャックとぶつかり稽古をしてる。

メチャクチャ泣いているビンチャック。

ぶん投げられて店中のものを派手に破壊している。

壁にはバツ印がやたらと付けられたカレンダー。

運慶「どうした、もういっちょ、こい！」
ビンチャック「もう、無理!?」
運慶「俺に恥かかせやがって！　ビンチャック、この野郎！」
ビンチャック「社長、許してくださいー」
アカネ「ちょっと、運慶ちゃん！　いい加減、物壊れるからさあ！」
運慶「(マイクを持って) いやー、いやいや！　ママ、こーんなもんじゃだめす！　おめえよお！
どえれえことだぞ！　いいか、このメリケン波止場はよ、この轍ケ丘《わだちがおか》で数あるスナックの中で、
俺にとって一軍《いちぐん》のスナックだぞ。愛してる！　このスナック愛してる！　このカウンターがなぜか
ベタベタしているところも含めて、愛してる！　そこに来ておまえ………こんなおしぼりをよう！
(ごちゃごちゃ言いながらビンチャックを投げる)」

ビンチャックがぶつかり、太一郎はねとばされ、その瞬間にサビになり、

運慶「♪ネーバーエンディングストーオリー」
太一郎「こらあ！」
運慶「うほほーおおーうほほおおーーおー………」
太一郎「………ちょちょちょ！　やめー！　止めろ、文治《ぶんじ》！」

文治、カラオケを止める。

太一郎「誰が、俺のネバーエンディングストーリーとっていいって言った？」
運慶「なんだよ」
太一郎「なんだよじゃねえよ。俺が歌いはじめた途端によ、ぎゃあぎゃあ猿みてえに喧嘩《けんか》してよ。正直すげえイライラしてたんだぞ、おまえ、ネバーエンディングストーリー……ちょっと略していい？　アカネさん、ネバーエンディングストーリーってタイトル長すぎないすか？　略していいすか？」
アカネ「いいんじゃない？」
太一郎「ネバーエンディングスト、はな、スコーンとぬけた笑顔で歌わなきゃ。原発、大賛成！みたいな笑顔で歌わないとまったく成立しないんだあ？　イライラしながら笑顔キープし続けるのって、どんだけストレスだと思う？　な。（運慶のキンタマをざわざわさせて）笑ってみ？　キンタマに

不思議な違和感を感じながら笑ってみ？　笑えねえだろ？　それを俺はよお、このスナックよ、すでにおめえらが、がちゃがちゃにしてるスナックの雰囲気《ふんいき》を、さらにがちゃがちゃにしちゃちゃあさ、よくないよ思ってよ、よくないよ思ってよ、自分のプライドすべてかなぐり捨てて笑っていたよ。おしぼりはポンポン飛んでくる。何人《なにじん》だかわかんないのがギャアギャア猿みたいに言ってる。でも、ズコーっと笑ったよ。それもこれも、最後のサビのくだりにむけて、気持ちを集中してたからじゃねえかよ！　それ、一番いいとこってやんの、このデブ！　へったくそなくせに。うほうほうほうほじゃねえよ！　うぉううぉーーおお、おおーおおー、だよ。ゴリラか、おめえは」

運慶「ゴリラじゃねえし」

太一郎「なに今の言い方！　ねえ！　文治！　こいつまじでゴリラだよねえ」

文治「…………ゴリラではない。うん。でもやっぱね。そこは歌いたいよね。あそこまでちゃんと笑顔で歌ってね、エンディングに向けて気持ち高めたとしてはね。でもね」

太一郎「あん？」

文治「太一郎《たいちろう》くん、惜しいかな、そんとき、マイク持ってなかった」

トメ「そうだよ。えらそうに！　おまえマイク持ってなかったじゃん。歌えるわけないじゃん」

太一郎「母さん。もう帰れよ」

トメ「なんだよ。あたしはかわいいアカネちゃんと喋ってんだから」

アカネ「かわいくないから」

文治「かわいくないから」

アカネ「おまえが言うなよ」

トメ「かわいいよ！　いつもばしっとパーマネントきめてさあ」
アカネ「癖っ毛、これ。あたし高校のときからキムヒョンヒって言われてんだから。変なとこ褒《ほ》めないで、濡《ぬ》れちゃうよ」
太一郎「母さん。スナックでミカン喰《く》うなよ」
トメ「酒飲めねえんだもの、しょうがないじゃん」
太一郎「もー。親子でスナック来てるの、かっこ悪いから」
トメ「あんたと時間差で来てんじゃん。あたしはね、かわいいアカネちゃんとくっちゃべってんだから」
アカネ「だから、濡れちゃうから」
文治「もう濡れちゃってるから」
アカネ「おまえが言うなっつの」
トメ「だってかわいいじゃん」
アカネ「だから、あたし高校のときからキムヒョンヒって言われてるし」
太一郎「スナックでミカン喰うなって」
トメ「しかたないだろ。酒飲めないんだから」
太一郎「もー。親子でスナック………」
運慶「（叫ぶ）やめろっー！　そこで話ループさせるやつやめろ！　微妙に言い方変えながら同じ話ぐるぐるまわすやつやめろ！　気が狂うぞ俺は！」
太一郎「おえ？　同じ話、言い方変えながらぐるぐるしてた？」

運慶「おう」

太一郎「へえええ。でもさあ、それがさ」

文治「スナックのおしゃべりってもんじゃね？」

全員、笑う。

太一郎「だから俺のセリフとんなって！」

と、ひっぱたくと文治の帽子が飛び、まばらになった禿頭《はげあたま》が丸出しになる。

冷えついた間。

運慶「ガンかよ！」

全員、笑い。

文治「…………ガンだよ」

全員、うなだれる。

N「スナック、メリケン波止場につどう轍区轍ヶ丘《わだちくわだちがおか》の人々。店長の弟の黒田文治《くろだぶんじ》さんは、ガンで余命3カ月を宣告されました」

文治「(帽子を拾って)ごめんごめん！　なんか一番ダメだよね。ないない。スナックでこれはない。次からさあ、頭叩《はた》かれても、ふっとばないように帽子にゴムつけとくわ。頭はねえ、叩きたいもんねえ」

太一郎「いや……そんな」

文治「おいおい、だって、ここは気さくなスナックだよ、叩こうよ」

トメ「あやまんな！　太一郎！」

太一郎「いや、俺はあやまんない」

トメ「太一郎！」

太一郎「いいから、母さんはグルコサミン体操でもしてな」

トメ「……」

N「早乙女太一郎《さおとめたいちろう》さんは、都立轍ヶ丘高校で体育の先生をやっています。しょうもない体育大学とはいえ、少なくとも大学を出ている、轍町では珍しいタイプの人間です」

太一郎「みんな、文治の頭、そんなに見たくないか？　帽子で隠しときゃ文治のガンはなくなるのか？(帽子をとる)」

文治「やーめろよー」

太一郎「文治が楽しい男だってのも現実。末期ガンも現実。両方あって文治って人間だろ？　その両方がよお、余命3カ月だっけ？」

文治「……義姉《ねえ》さん、言うべきかな？」

アカネ「……実は3カ月と言われてから29日たってるから正確には余命2カ月と1日なんだよね」

ビンチャック「みじけっ！」

運慶、ビンチャックを放り投げる。

文治「ひくよねー」

太一郎「ごめん。ひいてないひいてない。ぜんぜんひいてない。すげえ、食いついてる。……余命2カ月と1日。でも、その命の短さをさ、文治の個性として俺たちはきちんとうけとめている？帽子の雰囲気に自らごまかされに行ってない？　あ？　命の短いのは、文治の個性だぞ！　尻尾《しっぽ》の短い犬ってかわいいだろ？　同じように命の短い文治もかわいいじゃない？　命の短さは、文治のチャームポイントじゃない？　オムライス食べたときに、口の端につく赤いやつみたいなもんじゃない？」

N「みんな、太一郎さんの言葉に黙るしかありませんでした。太一郎さんが何を言っているのかまったく理解できなかったからです。そして、恐ろしいことに太一郎さん自身も、自分がなにを言っているのかわからなくなってきたのです」

太一郎「な？　よくよく見ると、ほんとにかわいいぜ、文治の命の短さ。かわいく言ってみ、文治、余命、言ってみ」

文治「（かわいく）余命ちゃん？　余命ちゃんねえ、2カ月と、いちにちゅ」

全員、なんだか笑う。
ビンチャック、大いに笑う。

太一郎「（激しくビンタして）ニュアンスだけで笑ってんじゃねえぞ、クソ外人《がいじん》が‼　そもそもおまえ何人《なにじん》か！」

ビンチャック「………ベンガロン」

太一郎「ベンガロン？」

ビンチャック「ベンガロン共和国から来ました。よろしくおなにいします」

太一郎「え？　え？」

ビンチャック「よろしくおなにいします」

太一郎「誰が教えた⁉」

アカネ「…………（手を上げる）」

太一郎「………じゃあ、しょうがねえ。女のシモネタは（アドリブでおもしろいたとえ）………だからな。でも、こっちはなあ、すげえナーバスな問題乗り越えて乗り越えて、幼馴染の名にかけて笑ってんだぞ！　外人だってことに甘えて、薄っぺらい考えで入ってくんじゃねえよ」

間。
ものすごく怯えるビンチャック。

運慶「………今のピンタは、ヤクザの俺も、ひいたぜ」
太一郎「すまねえ、あんたの舎弟《しゃてい》だってこと忘れてた」
運慶「いや、そもそも、こいつがこの店に発注したオシボリ200本のビニール、全部むいて持ってきたのがいさかいの始まりだからよお。わりいね、アカネさん」
アカネ「いいのよ。誰もオシボリなんか使ってないから」
運慶「ほんと、ビニールこっちで勝手にむいちゃって。見れ！　ベビースターラーメンの切れっぱし、ついてるじゃねえか！　こんなんで顔ふいて目に刺さったらどう責任とんだ、この!?」
ビンチャック「よかれと思って」
運慶「日本人てなあよお、出されたおしぼりのビニールをポンと開けるとき、脳みそからアドレナリンがぶわって出るんだよ。あの爽快感《そうかいかん》をなめるな」
ビンチャック「よかれと思って」
運慶「むしろ、あのポンの瞬間にこそ、おしぼりのすべてが集約されてんだよ！　おしぼりのポンは、ニッポンのポンだぞ。バカ野郎」
ビンチャック「(目が泳ぐが) うん」
運慶「わからねえなら、うなずくんじゃねえ！」
アカネ「まあまあ。ね、早乙女《さおとめ》くん。今のビンタかっこよかったよ。なんかね、うまく言えないけど、濡れちゃった」
トメ「あたしは濡れないね」

太一郎「いいだろう、母さんは濡れなくて」
トメ「半乾《はんがわ》きだね」
太一郎「全部乾いててくれ」
文治「俺さあ、卑屈になってた。なにが帽子だい！　余命2カ月と1日の男に怖いもんなぞねえぞ（ガッツポーズ）！」

そのとき、店に入って来たカップルが文治を見て、「あ」「ごめんなさい」と言って去ろうとする。

文治「え！　なに？　なに、やってますよ。楽しいお店ですよ」
男「や、や、すいません、間違いました」
文治「いやいや、なにを間違う？　このポーズが怖かった？　この坊主《ぼうず》が怖かった？　なあんだろう。間違うってなんだろう？」
男「いや、ほんとすいません。間違えました」
文治「ん？　ん？　逆になにが正解？　なにが正解？」

帰るカップル。

文治「………おもしろいよね。間違えたって言い方。俺にはないわ」
太一郎「気にすんな。ゆとりだよ、ゆとり。日教組《にっきょうそ》の犠牲者だ。君が代なんか、ちゃっちゃか歌やあいいんだよ、減るもんじゃなし」
アカネ「客が逃げたから言うんじゃないけど……被《かぶ》りなよ帽子」
太一郎「ママ……」
アカネ「だって、被るのも不自然だけど、被んないのも不自然じゃん。帽子目線で言えばね。だから文治くんのタイミングで被ったり被んなかったりすればいいんじゃない？　被り過ぎたなって思ったら、脱げばいいし、逆に、ハゲ見せすぎ？　と思えば、被ればいいし。結局さあ、自分のフィーリングだよね？　一度きりの人生なんだからさ、あたしは、被ったり脱いだりで、見た目にメリハリつけてくの全然ありだと思うよ」
文治「……ありがとう、義姉さん。俺、被るよ」
アカネ「被りっぱなしはダメだよ！　意味出ちゃうから」
N「文治さんの義理の姉でこの店のママ、アカネさん。うすっぺらい女です」
運慶「(時計を見て) おい、早乙女」
太一郎「(シリアスに) そうだ……母さん、そろそろいい加減、帰ったほうがいいよ。帰って、グルコサミン体操でもしてろ」
トメ「なんだよ。働いてないもんは息抜きする権利ないってのかい？　退屈で死んじゃうよう」
太一郎「違うよ。来るからさ」
トメ「来る？　誰が？」
太一郎「梅図《うめず》さんさ」
トメ「梅図！　……よ。なんで？　働いてる時間でしょうよ」

運慶「ちょっと俺たち、用があって今日、呼んでんだよ」
トメ「それ、先に行っとくれよ。いやだよ、あたし、あの人、怖いもの。（慌てて）アカネちゃん、いくら」
太一郎「いいって。自分で払ったこと、ないだろ結局。来ちゃった……」

赤白のボーダーのシャツを着たアフロパーマの梅図が、風呂敷に包まれた大きなパネルを持って現われる。

梅図「先に言っとくけど、楳図《うめず》かずおじゃないですから」
運慶「わかってるよ」
梅図「美容室いくタイミング逸して、パーマが伸び放題になってるだけだからね。目指しちゃいないからね」
太一郎「わかってるから」
梅図「服も、お店の制服だから。トマトの赤と豆腐の白だから。おや？　トメさん、知ってるよね。うちの制服。トメさんが大好きなコミニュティストア梅図のボーダーの制服」
トメ「よーく知ってます。じゃ、あたしはこれで」
梅図「名字も、結婚する前は中村だからね。中村幸子《なかむらさちこ》。楳図ッぽさゼロよね。もう遅かれ早かれ離婚するから、すぐ中村に戻るんだからね」
アカネ「知ってるよ。この店の人間みんな知ってるから」
梅図「これ、一時的な現象だから」

太一郎「知ってる、どんな女も楳図かずおは目指して生きてない。これはもう、絶対だから」
トメ「あたしは、あの、帰りましょうかね」
梅図「(いきなりトメの胸倉をつかんでガン飛ばす)」
トメ「…………………」
N「梅図幸子さんは、スナックの近所のコミュニティストア梅図の副店長です。自分の人生に楳図かずおがじょじょに混じって来ていることに焦《あせ》りを覚え、腹いせに老人を威嚇《いかく》しています」
梅図「(解き放す)」
トメ「太一郎、明日の朝、カレー？　それともグラタン？」
太一郎「そんなん後《あと》で、マザー・コンピューターにメールするから！　つかもー、グラタンなんか食ったことないよ！」
トメ「嘘つき！」

トメ、去る。

文治「マザー・コンピューターってなに？　そんなすごいもの家にあるの？」
太一郎「え？　母さんのパソコンのことだけど」
文治「…………………へええ」
太一郎「略すんじゃねえぞ(静かな目)」
梅図「………すごーい、静かな目だねえ(感心)」

運慶「(梅図に) それか?」
梅図「………引き伸ばしたよ」

梅図、パネルから風呂敷をはずすと、牛頭を中心に運慶、弁慶、太一郎、文治、梅図、アカネの7人が、ものすごく楽しそうに映ったどこかの空き地で撮った写真。牛頭、スコップを持っている。

皆、しみじみ見入る。

文治「(しみじみ) 仲いいなあー」
太一郎「似合ってるよな、スコップ。牛頭はスコップ持たせたら日本一だよ」
運慶「(梅図に金を渡しながら) ありがとね。これくらいのサイズによ、引き伸ばさないと………俺たちの仲の良さ、表現しきれないだろ。どうだ。ビンチャック。すげえだろ。これが、日本の中年の仲の良さのすごさだ」
ビンチャック「真ん中の人、牛頭か?」
運慶「牛頭だ。よく覚えてるな。早乙女の学校で音楽の先生やっててよ、な、おまえんちに下宿してたんだよな」
太一郎「死んだ親父の部屋が空《あ》いてたからな」
運慶「ミヤコたちが、いなかったら俺んちにも下宿してほしかったもんな」
アカネ「うちだってそうだよ! ねえ、文ちゃん」
文治「ねえ。俺も、死ぬし」

間。

アカネ「そういう意味で言ったんじゃないよ」
太一郎「文治………」
梅図「静かな目」
文治「………うーわ。まーたやっちゃったよ。ほら、俺、早く死ぬのに慣れてないからさあ」
運慶「（電話）お、弁慶。（出て）はいはい、ちょっと待て、ここの電波クソ電波だから」
ビンチャック「わたし、牛頭と会いたいです」
運慶「だろ。でも連絡が、とれねえんだよ（出ていく）」
太一郎「おまえ、でも、一、二回くらいしか会ってないだろ牛頭とは」
ビンチャック「この店で、初めて会ったとき、わたしと、いっぱい話してくれたよ。牛頭さん、目が、とてもきれいな男だった」

音楽。

ビンチャック「わたし、日本語が、今よりずっと話せなかったのに、根気？　注意？　いっぱい気を使って、わたしの、国、ベンガロンの話聞いてくれた。わたしの、全部の名前、覚えてくれた。私の名前は、ビンチャック・シェットワージャック・コーンチャーワン・ワーガイローン………」

N「ビンチャックさんの話はかったるいので私が要約します。ビンチャックさんは、ベトナムとカンボジアに挟まれた小さな国、ベンガロン共和国で生まれました。軍隊にいたビンチャックさんですが、30歳のとき、政権争いのクーデターに巻き込まれ、家族を虐殺《ぎゃくさつ》されました。命からがら国境を越え、ベトナムのホーチミンまで逃れたビンチャックさん。物乞《ものご》いをしているときに、当時、チャンフオダ通りで売春宿を経営していた運慶さんと出会いました。なにがどうしたのか、二人は意気投合し、ビンチャックさんは、運慶さんのはからいで、去年日本に亡命。彼の舎弟になりました。そして、その途端、内戦が終わり、ベンガロンに平和が訪れたことを知るのです（この間、アニメでその様子が映し出される）。町の人間はビンチャックさんのことを、亡命タイミングバカ野郎と呼んでいます」

ビンチャック「…………牛頭は私の話を聞いて、いつか、ベンガロンに行きたい、そう、言っていたよ。美しい、ジャングル。サトウキビ畑。そして地雷たくさんたくさんの道。ボクは、ビンチャックと一緒に地雷撤去のボランティアに行きたいって」

文治「（ビンチャックに）そっと後ろを向いてごらん」

ビンチャック「あ？」

文治「ほら。誰も聞いてないよ」

ビンチャック「お」

アカネ「牛頭くんはあんたの話を聞けたんだね」

太一郎「牛頭って、やっぱいいやつだったんだな（泣きそうになる）」

運慶、戻って来る。

運慶「…………弁慶から電話があった。ホストクラブに来てるってよ。例の牛頭の恋人だって外人。一応喰い止めるつもりらしいけど。牛頭、有名だから、ここに来るのは時間の問題かもな」

太一郎「…………エイドリアン・コーエンか」

アカネ「奴は、東北にボランティアに行った。そこから、連絡がつかなくなった…………。彼女にはそう言うしかないよね。みんな。…………こんなに仲良しな写真があるんだからさ。信じてくれるよ」

太一郎「…………ボランティアに行った……」

運慶「(太一郎の肩をつかみ)大丈夫か⁉　受け切れるのか！　あの外人を！　もんのすげえ純度の高い外人だったぞ！」

太一郎「お…………おう！」

文治「(太一郎の前で帽子を脱ぎ)ほらぁ」

太一郎「…………いや、今そんな気分じゃないから」

文治「え？」

太一郎「(唾《つば》を吐く)」

文治「俺は…………また、間違ったのかい？」

間。

二人とも不思議な感じになっている。

アカネ「この、なんだろう。不思議な時間、たぶん、忘れないな、この文治の不思議な顔」

梅図「(太一郎の目をのぞき)………なんて静かな人殺しの目をしているんでしょう」

暗転。音楽。

7人の映った写真が大写しに。

牛頭のネックレスの飾りに段階を踏んでカメラ、寄っていく。

ネックレスに飾られた写真は、エイドリアンの少し不安そうな笑顔。

音楽に、ホストクラブの喧騒(エコーがかかって、どこか不気味)が混じる。

エイドリアンの声「(英語で。字幕も出る)牛頭さんは音楽の勉強をするために、ニューヨークに来て、そして、9・11の事件に出会いました。それから、彼はしばらく、自分の勉強はほったらかしにして、瓦礫になったグラウンドゼロで、人命救助や人探しのボランティア活動をしていました。私は、彼のためにときどき、お弁当を作ってあげました。そして、二人で夢を語り合いました。私は、将来歌手になりたいと彼に言うと、自分は音楽の先生になるから、いつか、なにか、助けになりたいと言ってくれました。それからしばらくして、彼は日本に帰りましたが、私はあれほど優しい人がいる日本に興味を持ったのです。歌の勉強をする傍ら、日本語学校に通ったり、ユーチューブで日本のコメディアンを見たりしました。卑弥呼《ひみこ》さまー！　という人は、特にうけました」

明るくなると、ホストクラブ『ニュー弁慶』。
席に着き、話しているエイドリアンと、真剣な表情で聞いている朝丸。

エイドリアン「（ここからは日本語で）学校を卒業して、私は、いくつかのオーディションをうけ、アルバイトをしながら、歌手活動をしていましたが、今ひとつ、伸び悩んでいました。その悩みをメールで打ち明けたところ、日本に来ればいい、あなたはボクの心の恋人なのだからと、牛頭さんは誘ってくれました。私は決心して日本に行く準備を整えました。でも、出発の前の日に日本で大きな地震がありました。それから、彼と連絡がつかなくなったのです。でも、私は、どうしても彼に会いたくて、一人で来たのです」

朝丸「うんうん………なーるほどねえ。なーんか、ロマンだね、いい話だねえ。リアルに。うん。………うっすらなんとかなるっしょ！　信じて。うっすら神様は見てるから、そういうとこ」

エイドリアン「だから、牛頭さんを探しているのですが、聞きたいのは、私はなぜ、この店に連れてこられたのですか？」

朝丸「そわぁぁねえ………ま、これも運命のめぐりあわせですかねえええ。へえへえ。あ、申し遅れました、あたくし、この店のナンバーワンを恥ずかしげもなくやらしてもらってます。朝丸でございやす（名刺を渡す）」

ホスト１「元俳優、元俳優！」

朝丸「ばかやろう。外人さん相手に『アクター』くらいすっと出てこんのか？」

隣の席で聞いていたミヤコが、

ミヤコ「元俳優？　このサイコロステーキにウンコ乗っけたみたいな四角い物体が？」
朝丸「うわ！　ミヤコさん口悪《くちわる》っ！　でも、自分、ドMだからあ、それ最高のご褒美になっちゃうんすけどね！　ひっ！」
ミヤコ「しょうもない、持ち出しの小劇場の役者じゃない。今でこそやめてくれたからいいけど、最初の頃きつかったわよ。クソつまんない芝居のチケット何枚も買わされてさあ！　なんだっけ？　オキタソウシは女だったとかなんとかいう？　わけのわかんない、やかましい芝居」
朝丸「違いますよ。ミヤコさん、まじ、なにかと混同してますよ。つか、今日、毒、はんぱないすよ。ちょ、毒の沼、歩いて、ここ、来たんすか？　毒の沼感、はんぱないすよ」
ミヤコ「なに？　違ったの？　坂本龍馬はサンタクロースだった、だっけ」
朝丸「そんなヤケクソな芝居やってませんって、リアルに！　ひっひ、おかしー！　つぼった！　リアルに！」
ミヤコ「えーと。平清盛は、それほど平《たいら》じゃなかった、だっけ」
朝丸「ないないない！」
ミヤコ「二宮金次郎は、せむし男だった、だっけ」
朝丸「どー、芝居にスんすかそれ！　ちょ、バジルの葉っぱ、むしりすぎすか？　ひー！　うける！　って、こーぉの勢い借りて、リアルに、マジバナですけど、（座りなおして）…………ドンペリ？　いっちゃいませんか、ミヤコ姫」

シャピーン！　と音がして、全員がミヤコを見る。

ミヤコ「それはないわ」

朝丸「やられた！　（ロッキーの真似で）エイドリアーン！」

エイドリアン「（頭を抱えて）ガッデム！」

朝丸「うわ！　生外人から、生ガッデム出た」

エイドリアン「（突然ブチ切れて、英語で。字幕出る）それ、絶対やったらダメなやつだから！　アメリカ人でエイドリアンつったら昔っから散々それ、ずーっとやられてうんざりしてるってことくらい、わかんないかな！　エイドリアーン……。飽きたわ！　28年やられてんのよそれ！」

朝丸「…………すいません。ほんとすいません。なに言ってるかわかんないけどすいません」

弁慶「（戻って来て）朝丸、こら。てめ、しくじってんじゃねえだろな、親友がセッティングしてくれた客だぞ」

朝丸「しくじってないす。リアルに。今、じゃっかん、ごっつんこはありましたけど、修復可能です」

エイドリアン「待って。客？　私が？　私は客ではない」

弁慶「いや、客っていうか、言うほど客じゃないですけど。まあ、そのー。バルさんがタヌキを捕まえる間だけでも、ここでゆっくくし飲んでいただいて、えっ、まあ、セット料金だけはいただきますけどぅ（笑う）」

エイドリアン「セット料金？」

弁慶「はい。えっ。ワンドリンク消費税こみで5千円になっております。えっ」

エイドリアン「5千円？　ビール一杯だよ！　高すぎるよ！」

弁慶「えっ。うちは良心的な、えっ、ホストクラブです」

エイドリアン「話しにならないね。（立ち上がり）お願いです！　この中に、牛頭さんを知っている方はいませんか？　日本に来たら、彼の家に泊めてもらう約束なんです………私は、疲れました」

ミヤコ「………なんなの？　さっきからあんた」

朝丸「ミヤコさん、まずいっす。入って来ないほうがいいっす」

ミヤコ「さっきからさ、遠慮なくレディー・ガガ感出してくれてるけどさ」

朝丸・ホスト達「出してないす。出してないっす」

ミヤコ「じゃ、あたしとこの子、二択《にたく》で言ったらどっちがレディー・ガガなのさ」

全員「（エイドリアンを指さす）」

ミヤコ「そら見たことか」

エイドリアン「わたしは、レディー・ガガ感など出してない」

ミヤコ「じゃあ、なんなのよ。一人で店乗り込んできて、英語でわめいて。レディー・ガガ以外に英語でわめく女、知らないわよ。なに？　あんた」

エイドリアン「わたしは………エイドリアン・コーエン」

頭を抱える弁慶。

エイドリアン「好きな人に会って、そして……歌手になるために、今日、アメリカから日本に来ました」

ミヤコ「嘘だね」

エイドリアン「なぜ!」

ミヤコ「だいたい、白人てのは嘘つくもの。こないだも、テレビの通販でさ、白人がさ、腹に巻いただけで2週間で痩せるって、なんだ、アブなんとかって機械、2万円で売ってたからさ、こりゃ棚からボタモチだって買うじゃない? 全然痩せやしない! 見ろや、この腹の肉。ダップダブだぞ! ここの溝のところに今偶然おみくじ挟んであるからさ、ひいてみろや! ほら」

弁慶「(2枚目で)ミヤコさん、うち、そんな店じゃないんで」

朝丸「腹の肉に偶然おみくじ挟んでるタイミングって、いつ生まれるんだ」

ミヤコ「うるさい。あんたなんなの、毒の沼感はんぱないとか、バジルの葉っぱむしりたてとか。あたし、意外と聞き逃してないからね! 意味教えてくれる? 特にバジルの葉っぱに関して。詳しく」

朝丸「すいません。意味ないす。朝丸のテキトークす」

ミヤコ「(エイドリアンに)適当なことベラベラ言ったって、結局、あとでこうやって詰められるんだからね。学習して。あんたが、歌手だってんなら、ちょっと歌ってもらおうか。ねえ!」

皆「(口々に)聞きたいす。聞きたい時間になってるす(など)」

エイドリアン「…………それはできない」
ミヤコ「じゃあ、嘘つきってことでいいんだね。男を探して日本に来たっていうのも嘘なんだね」
エイドリアン「違う。私はプロのシンガーだから。簡単には歌わない」
ミヤコ「（財布から金を出す）じゃ、歌ったらあんたのセット料金、5千円あたしが出してやるよ」
ホスト2「出た！　ミヤコマネー」
エイドリアン「それでは歌います」
朝丸「簡単だな」
N「ミヤコさんは、運慶さんの愛人です。父親のわからない、てなし子がいます。運慶さんと一緒に、この町で格安のデリヘルを経営してたくさん儲《もう》けていますが、結局このホストクラブで使って一文《いちもん》なしになって帰るという、わかりやすいビッチなおばさんです」
エイドリアン「…………（鞄からギターを取り出しながら）ニューヨークの町を歩いていると、いろんなお店を見かけます。とある、流行りの回転寿司屋を見ていたら、こんな歌が降りてきました」

ギターを弾き、英語でどこかで聞いたような歌を歌いだす（字幕つき）。

♪鮨屋《すしや》でみがいた腕を試したいと
夢を抱いてきたアメリカ
下働きで、ためたお金で
建てた江戸前の回転ずし

だけど、客の要望に
押し切られる形で
ついに寿司以外のものも
まわすことにった………
回転ハンバーガー始めました！

弁慶「ん？」
ミヤコ「ん？」

♪厳しかった江戸前の修行
おかみさんと不倫して
店をたたき出された
寿司の腕で見返すと
訪れたニューヨークで
回転ハンバーガー始めました！

ミヤコ「ちょっと待てーい！　ちょ、待てーい！」
弁慶「こーれは………どうなんだろう」
朝丸「なんだろうか、このデジャヴ感」

エイドリアン「♪回転ハンバーガー……」

全員「(口々に) もういい！　わかったから！」

エイドリアン「…………とりあえず、ニューヨークの、演芸場ではバカ受けのナンバーです」

朝丸「演芸場があるんだ。ニューヨーク、はんぱねえな」

ミヤコ「おんどれ、ぱくった意識はないのだな？」

エイドリアン「………ぱくった？　あー………ごめんなさい。………わたし。にっぽんご、うふふ………少しだけね。わからない。ばいばい」

弁慶「さっきまで、もう少し喋れてたよな」

朝丸「はい、じゃっかんローラっぽくなってもいるような」

ミヤコ「ううん。このセット料金、払うべきか払わざるべきか」

ホスト1・2「(入り口に向かって) いらっしゃいませ！」

制服姿の詠美《えいみ》、入ってくる。
顔がとても不細工だけど、かなりギャルギャルしている。

詠美「こんばんは」

弁慶「あ、あ、学生さんはちょっと」

ミヤコ「あたしの娘が来るって言ったでしょうよ！」

弁慶「や、でもセーラー服はしんどいなー」

ミヤコ「詠美《えいみ》が朝丸にお願いがあるっていうのよ」
朝丸「えー？　なんすか」
詠美「あたしぃ、学校で演劇部の部長してるんですけどお、今年の3月から顧問《こもん》が変わってえ、前の顧問は音楽の先生だからセンスがあったし、すーごいも、すーごい、いい人だったんですけど、臨時で来てる？　今の顧問？　体育の先生でぇ、ぜんっぜん、演劇のこと知らなくてえ、も、来月に高校演劇大会出るのに、ぜんっぜん方向性がさだまんなくてえ。今日もそのことで、部活ですーごいもめててえ」
弁慶「え？　それひょっとして………」
ミヤコ「まあ、将来ね、舞台女優になりたいなんてこと言ってるのよこの子」
ホスト2「(思わず指さしてぅける) ちょ………！」
ミヤコ「(ホスト1の指を腹の肉に挟んで、折る)」
ホスト2「ぎゃあああああ！　指折れたぁ！」
弁慶「うち、そういう店じゃないから。腹の肉で指折っていい店じゃないから」
ミヤコ「ブスだって、なれるんでしょ。小劇場なら」
詠美「ブス言うなー。(椅子につまずいてこける) わー」
ミヤコ「あんたの劇団だって、ノルマ要員のブスばっかで固めてたじゃん！　池脇千鶴に鼻フックしたみたいなチンチクリンしかいなかったじゃん」
詠美「池脇千鶴とか、超、やめて。日本三大がっかりおっぱいの王者じゃん。あたし、乳あるし、鼻フックっぽいけど、ぎり、鼻フックじゃないし」

ミヤコ「（首を傾《かし》げながら）だったらよう、あんちゃんよう、居場所あんじゃねえかよう、あんちゃんが冠《かんむり》番組持ったら、うちの詠美にも、頼むよ」
朝丸「えっ？　もしかして、殿《との》入れてきてます？」
詠美「だからぁ、あ、朝丸さんてこのバカみたいな人？　お芝居やってたんでしょ？　演出お願いできないかなってえ」
朝丸「うー？　いやいやいや………そーれは」
詠美「だって、早乙女先生なんにもわかんないから」
弁慶「わわわ。この話は、なかったことに」
詠美「演劇部の先輩の子が演出してるんだけど、ぜんぜんよくないし、このままじゃ、うちの高校、絶対優勝できないし」
エイドリアン「待ってください！」

間。

詠美「え？　ん？　なに？　この人。あれ？　なんか見たことある！」
エイドリアン「早乙女………早乙女？」
詠美「うん。うちの先生」
弁慶「や、やっぱ、高校生は家かえろ！　家帰って、なんでも鑑定団、見よ！」

つなぎを着たバルさんと、蒲生が乱暴に店に入って来る。
ドアになぎ倒される弁慶。

バルさん「(ものすごい機械を背中にしょい、タヌキを一匹手にぶら下げている) 捕まえたぞー！　へへへへ！
こいつは悪さばっかすっから、前から目えつけてたんだ！」
蒲生「(血だらけ) エイドリアン！　見て見て！　タヌキ！　言った通りだろ。腕あるよ、このくそジジイ」
弁慶「おい！　きったねえもの持ってくんなよ！　保健所行け！　うちはそういう店じゃないんだよ」
バルさん「はやくしねえと、呑み込んだもの消化しちゃうからよ」
弁慶「なんでおまえ血だらけなんだよ！」
蒲生「ヤンキーに殴られたんだよ。なんか、あいつらのパシリしてたタヌキらしく」
弁慶「そんなタヌキいるわけないじゃん」
バルさん「(口に手を突っ込むが) やっぱり飲みこんじゃってンな。お？　外人さん、なんだよな、依頼主は？　(ドイツ語で) ダス　コムト　ニヒト　ヘラウス　オーネ　デン　バウホ　アウフツーシュナイデン」
エイドリアン「………ドイツ語？」
バルさん「あれ。今なんか喋っちゃったけど、ドイツ語なのこれ？」
エイドリアン「わかります。少し。ラクーンのお腹を切り裂く？」

バルさん「切り裂いて紙を出す。うん、そっち持ってて」
エイドリアン「？　？」
蒲生「この人、片手があれだから、ほら、消化しちゃう前に！」

と言って、バルさん、テーブルでタヌキの腹をナイフで切り裂き、内臓をえぐる。

エイドリアン「ぎゃあー！」
弁慶「だ！　も、なにしてくれちゃってるわけ！」
蒲生「血まみれじゃねえか！」
弁慶「…………おめえもだよ！　だあら、うちはそういう店じゃねえってばよお（座りこんで泣く）」
エイドリアン「うお！」

と、言って、トイレに駆け込む。

バルさん「よし出て来た！　あ、これ、蛙だ。（弁慶の頭にのせる）」
弁慶「そうそう、やっぱり今年の流行りは頭に蛙だよね、わけわかんねえ！　もう、甘んじて受けるよう（泣く）」
蒲生「あった。（紙を見つけて、トイレの前に行き）ヘイ！　エイドリアンさん。血みどろでボロッボロだけど読めるとこまで読みますよ。東京都轍区轍…………えーと、読めねえな…………早乙女方？

牛……読めねえ？　牛？　頭？」

詠美「牛頭先生の住所じゃないの？　それ」

弁慶「う！（まずい）」

詠美「牛の頭と書いて牛頭。うちの音楽の先生で、演劇部の元顧問」

蒲生「あ、そうなの？」

詠美「早乙女方って、書いてあるんでしょ。牛頭先生、学校からいなくなるまで体育の早乙女先生の家に下宿してたもの」

トイレから、バーンとエイドリアンが出てくるので、弁慶はそっと出て行こうとしていたのだが、ドアにはさまれてぶっ倒れる。ゆっくり詠美に近づくエイドリアン。

エイドリアン「………（すがる思いで）あなた、牛頭さん、知っているの？」

詠美「………は、はい。音楽の先生で。あ、思い出した！　牛頭先生がペンダントに写真入れてた人だよ、ね！　え？　じゃ、会いに来たの？　アメリカから………超ロマンチック！　………（目が泳ぐ）んー、だけどぉ」

エイドリアン「ありがとう（泣きながら英語で）よかった。………やっと会える。牛頭さんと会える（と言いながら、詠美に抱きつく）」

詠美「よ、うわ、なにこれ、生れて初めて外人に抱きつかれた。なんかこれ、見た目、ロシアにいたじゃん、タトゥっぽくなってない？　ママ、写メ撮って！　写メ！　あれ？　ちょっと？」

安心のあまりか、気を失うエイドリアン。

ミヤコ「(写メとりながら)朝丸くんさア、詠美の頼み聞いてやってよ。2、3日でいいのよ。父親が誰だかわかんない不憫《ふびん》な子なんだからさあ」

弁慶「も、もうよう、いいかげんにしてくんねえかなあ！　人の店がっちゃがちゃにしやがって、なに勝手にタヌキ解剖してんだよ！　じじい！」

バルさん「この、流れでタヌキ汁にするからよ」

弁慶「そんな流れねえよ！」

バルさん「鍋持ってきてよ、あんちゃん」

弁慶「自由か！　フェスか！　どんなフェスか！　ポンポコフェスか！」

ミヤコ「頼むよ、朝丸」

弁慶「あんたもあんただぞ！　あんたが、未成年を連れてくるから」

ミヤコ「ドンペリ入れっからさあ」

弁慶「はい、♪ドーンペリ、ドンペリ、ドーンペリ」

ホスト達「ドゥザ・ハッスル！」

弁慶「♪ドーンペリ、ドンペリ、ドーンペリ」

ホスト達「ドゥザ・ハッスル！」

ホスト1・2「(絶叫)店長、恒例の淡々としたシャンパンコール願いまーす！」

エイドリアン、意識を取り戻す。

弁慶「（わりと淡々と氷室っぽいポーズでラップ）ドンペリ、ペリドン、出ました、王子、うーけちゃって、この話、飲ーんじゃって、ミヤコ姫、世界にドンペリ、数あれど、へいらっしゃい、うちのドンペリ日本一っ寿司食いねえ、とはいえ、寿司こそ置いてない、けれど、明るい日本を作るため、お金をグルグルまわしましょう、ドンペリ、ペリドン、出ました、王子、うーけちゃって、この話、飲ーんじゃって、ミヤコ姫、泡はシュワシュワ消えるけど、愛がシュワシュワ芽生えます、シュワシュワを、手話で言ったらこーんな感じ？　シュワちゃん隠し子多すぎね？　トロにイクラにエビにタコ、だからお寿司はおいてない、だから、フルーツ、むーいちゃって、甘栗、むーいちゃって、ねえ、ムーミン、こっち、むーいちゃって、きーざくらー、ドン、ペリ…………そろそろ朝丸このやろう（この後、アドリブでできる限り続けて）…………朝丸、このやろ、人殺し！」

朝丸「（ドンペリを持ってきて）う、うちのミヤコは日本一！」

ホスト達「♪ドン飲みねー！　ペリ飲みねー！」

バルさん「ついでにタヌキの玉食いねえ！」

ホスト達「♪玉いらねー！　玉いらねー！」

エイドリアン「…………これは…………なんなのですか？」

蒲生「これが東京ですよ」

ミヤコ「（ドンペリを空けて叫ぶ）ニューヨーク・シティーーーーーー！！！」

蒲生「東京だっつってんのに！」

トランスが流れ、全員ストロボで踊り狂う。

が、けだるいアンジェロ・バダラメンティみたいな音楽にやがて乗り替わる。

いつの間にか、タクシーが夜の道を走っている。

乗っているのは、蒲生、エイドリアン、弁慶、詠美。

全員、疲れた顔をしている。

弁慶「（携帯で電話している）………運慶さん、すいません。自分的にはかなりシラは切ってたんですけど、ええ、ちょっとおたくの詠美ちゃん来て………。そうそう、牛頭が担任だったって話しが出ちゃって、はい。結果、食い止め切れず。…………はいっす。今からそっち向かいますから。早乙女さん、いるんでしょ？　そっちに外人さん引き渡す。で、いいんですよね？　ええ」

詠美「（携帯で話している）そうそう、超外人が隣にいるんですけど！　白石さんより白いよ。先生の、あれ、フィアンセでいいんだっけ？　（エイドリアンに）なんだ、寝てる」

白石恵《しらいしめぐみ》、自動販売機の前で電話している。

目の前にビデオカメラ。

白石「知ってるよ。早乙女先生に聞いたもん」

詠美「え？　いつ？　今日の話だけど、これ」

白石「いつってこともないけど、なんかメールで。先生、スナックにいるんでしょ」

詠美「メール？」

白石「メールというか……なんかメール」

詠美「そうなんだ……。うん、そうそう、今から連れて行くとこ。あ、朝丸さんには演出の話、つけたからね」

白石「嘘、それいいって。詠美。だって、ホストなんでしょ？　ろくなもんじゃないよ」

詠美「……や、だってしょうがないじゃん。絶対うちの部は演劇のことわかってる人がいたほうがいいって！　今、全部白石さんの自己流の演出だから」

白石「だから、なに？　あたしの演出がダメだっていうの？　あたしだって、2ちゃんねるの演劇スレッドとか読んで、すごい勉強してるんだよ。鳥肌実は、すっごい叩かれてるんだよ」

詠美「白石さんがとにかく、ガンバリ屋なのはわかるし、部活でも一番長いのはわかる。でも高校演劇コンクールで優勝するのが私の部長としての仕事だと思ってるし。部長判断だし！」

白石「部長、部長って、あたしのほうが2個だぶってるから先輩なんだからね」

蒲生「あのさあ、これ個人のタクシーだから、他人の喧嘩とか迷惑なんだよね」

ドカッと、座席の背を蹴る詠美。

簡単に気絶する蒲生。

派手なクラクション。

弁慶　「ええぇ！（慌《あわ》ててハンドルをとる）」

派手なブレーキ音。

車、消える。

ためいきをついて、電話を切る白石。

N　「唐突に出て来たこの白石恵《しらいしめぐみ》さんは、詠美さんと同じ轍ヶ丘高校の演劇部員。白石さんは見てのとおり美人ですが、ある理由で、高校を2年ダブらせてます」

その間に、白石、自分に向けてビデオカメラを回す。

自動販売機の灯りに吸い寄せられるようにヤンキーたちが寄って来て、白石を写メで撮り始める。

白石　「（いろいろポーズをとりながら）あたしだって知ってる。この町で2年も高校ダブらせてちゃ、もう、後がないって。でもあたしは、待ち続けてる。毎週、日曜日は原宿に行くの。何を買うでなく、ウロウロするの。2年前、17歳のとき、モデル事務所にスカウトされたんです。でも、若干ひきこもってた頃だし、なんとなく返事を渋ってる間に、その事務所はつぶれてしまいました。あれから2年たってる、あたしはわざと落第している。なぜなら、一応女子高生のあたしには商品価値があると思ってるから。そのときのために、学校では、仲間が引くほど演劇に熱中してる。まじめだから追求しすぎちゃうけど、知ってるのよ。最初はアイドルでスカウトされても、25歳過ぎて最終的に生き残るのは演技ができる人だけ。競馬の番組とかパチンコの番組とかに流れてく道もあるけど、あたしくらいのかわいさじゃ、それも30くらいまで。最終的には舞台よ。テレビでは脇役でも、元アイドルの肩書があれば、舞台じゃ主役がはれるの。長いスパンで考えてるから。だから、かわいくて舞台を知っている私を、いつか、誰かがまたスカウトして、素敵な場所に連れて行ってくれるって信じてる。最終的には、辻仁成みたいな小説家と結婚して外国に住みたい。私は世界を知りたい。できないと思う。ほら、だって、こうして夜、自動販売機の前に立ってるだけで、ヤンキーたちが写真を撮りに来るんです。ヤンキー好きじゃないから言葉を交わすわけではないけど、最後に缶コーヒーを奢《おご》ってくれるんです」

N「牛頭さんは、白石さんにとってどんな人でしたか?」

白石「牛頭先生……ねえ。先生とは、いろいろ演技の相談するうち、そういう感じになって……。先生が初めての人だったけど。セックスしてなにか変わるかな、と思ったら……なんにも変わんなかったな。突然いなくなって哀しかったけど、なんか突然いなくなる人だってのは、どこかでわかってたような気がする。だから、今は、もっと自分で変わろうと、前を向いて生きてます」

N「そのビデオは、なんのために撮ってるんですか?」

白石「……別に、誰に見せるために撮ってるわけじゃなくて、なんかいろいろ考えが散らかるし。日本、どうなるかわからないから、自分のための記録で。はい。今日のビデオ日記はこれで終わり」

N「轍区の夜。そこでは、いろんな種類の残念な女たちが、それでも、なにかを信じて、ひたむきに息をしていました」

再びタクシーが浮かびあがる。

エイドリアン「(目覚めて) オウ！」
詠美「どうした？」
エイドリアン「…………夢に…………クエンティン・タランティーノが出てきて、顎《あご》、グリグリされた！…………まだタクシー!?」

背景には、けだるい夜の町の映像のモンタージュ。
自動販売機の若者たち歌いだす。

♪かわいそうな　エイドリアン
かわいそうな　エイドリアン
わけもわからず　東京のはずれ
連れて行かれる
場末のスナック

スナック『メリケン波止場』。
カラオケリモコンのオプションの拍手SEの中、五郎が、スポットで浮かび上がる。
スポットを当てているのはビンチャック。

五郎「（マイクに）あー、テステス。ちょっと変な声してない？　あ、本日は11時半から入ってまーす。あたくし、いたこたあいたんですよ。みなさんが活発なスナック活動をしてたとき。ふっふっふ。裏でね。自分のための餌作って、自分に餌を与えてました。場所ないからね、床に皿置いてね、も、顔からいっちゃって。ほとんど、猫。ふっふっふ。昼間、バイトしているんでね。も、ほんとそれは、しがないベルトコンベアーの作業員でございます。そんな話はどうでもよくてね。楽しい大人の社交場、スナック、メリケン波止場のチーフの黒田五郎《くろだごろう》でございます。今夜もよろしく願います」

アカネ「よ！　日本一のいい男！」

太一郎「（酔っぱらっている）ほんとに、どうでもいい男！（カラオケのSEで笑い声を入れる）」

次第に明るくなる店内。運慶と梅図と太一郎とビンチャックがいる。

五郎「いい男、なんか変な声してない？　大丈夫？　この店初めての人いる？　いるわきゃないけど自己紹介。これでもねー、昔はレコード出したりしてたんです。キングダムレコードからね『おまえの浮気のその中に』って、一曲だけ。売れやしないうえに事故で、喉潰《つぶ》しちゃって。デビューしたての

30歳の頃さ。部屋掃除してたの、柄《がら》にもなく。ちなみに、アカネママが初めて家にお泊まりに来た日ね」

梅図「よっ、色キチガイ！」

全員「げらげら」

アカネ「人のセックスを笑うな！」

五郎「したら、押入れから成人式のときにもらった袋が出てきたの。20代の頃、わたくし、なんか、その袋の中身を見たらもうおしまいだっていう、よくわかんない反体制意識がありましてね、ずっと家で寝かしてたんだけど、もう、いい加減捨てよう、それで俺は真の大人になるんだぞ、とわけのわかんない思いで外に出たら、うん、たまたま、七五三帰りの子供に会いましてね、そいつが舐《な》めてる千歳飴《ちとせあめ》に無性に魅力を感じ、おじさんの持ってる成人式の袋と交換しない？つって、交換したの。その過程は忘れたけど、できたの。成人式の袋を捨てに行って、七五三の飴を手に入れるっていう倒錯性はさておいて、その千歳飴、すでに、けっこうねぶられてて、先のほうが、きんきんに尖っておりまして、そこをさらにねぶりながら、アパートのドア開けようとしたら………」

アカネ「すでに来てたあたしが、中から開けて、バーン」

五郎「それで、あたくしの歌手生命もバーン。ドアが開いた途端に人生のドアが閉まるというね」

梅図「千歳飴でかー………」

五郎「千歳飴は大変な凶器ですよ」

アカネ「ここ、笑うとこー」

全員「げらげら……」

N「スナック、メリケン波止場の経営者、黒田五郎さん。説明は全部自分でやってくれました。ありがとうございます」

五郎「ねー。で、別のドア無理やり開けて、ここに着地しております、と。（急に）ナウ・レディスエンジェントルメン轍区一《いち》の英語が上手いエンターティナー、ディスイズ・ミスター・ブンジ・クロダショー！」

ギターをアカネがかきならし、タキシードを着た文治が出てきて、無茶苦茶な英語で漫談。一応オチらしきところで、アカネがジャンとギターをかきならす。

全員、オチで腹を抱えて笑っている。

文治「（そこそこでたらめな英語で。字幕出る）兄さん、ありがとう。大好きだよ、兄さん。…………こないださあ。近場でプール見つけて、思わず泳いだの。久しぶりのプールだったから、はしゃいで、バタフライしちゃったりして、で、疲れちゃってのね。で、プールからあがって、マイタイなんか飲もうかしらなんて、ボーイに手をあげたら、よっく見るとコンドームが貼り付いてんのね。で、そのプールもよく見たら…………ドブだったの。…………ボーイもよく見たら、野良犬だったの。…………（裏声で叫ぶ）ガッデム！」

皆、笑う。

太一郎「わははは！　なに言ってんだかわかんねえけど、わはははは！　おもしれえこと言ってるに違いねえんだよ！　な！」

ビンチャック「なるほどに」

太一郎「（激怒）なにが、『なるほどに』か！　ここは笑えよ！　まじめにやれよ、この野郎（アイスピックを持って刺そうとする）！」

ビンチャック「（怯える）」

太一郎「冗談じゃねえかよ！　かわいいなあ、ビンチャックは」

全員、笑う。
調子づいて、またでたらめな英語で喋りかける文治。
そこに、蒲生、弁慶、詠美、エイドリアンが入ってくる。
全員に緊張が走る。

文治「…………（エイドリアンを見て）ギャー！」

詠美「スナックすごーい、初めて来たー」

運慶「（詠美を見ずに）詠美、ばかやろー、なんで来《く》んだ！」

アカネ「あ、どうもー、蒲生ちゃん。…………（エイドリアンを見て、やや緊張しながら）ハーイ」

エイドリアン「…………ハイ」

アカネ「とりあえず、今、ライブ中だから、みんな適当に座ってくれる？」
エイドリアン「わたし………」
太一郎「聞いてる聞いてる。や、すげー、外人！　全部俺たち聞いてるから。あーねー、この店、小林克也なみに英語できる人いるから、安心してねー。うへへへへ。轍のエンターテナー、文治よ！　英語漫談、続けてくれちゃってー！」
文治「う、あの（おろおろして五郎を見る）」
五郎「（いっちゃえ）」
アカネ「（どうかな？　それどうかな）」
五郎「（いいからいいから）」
文治「（大丈夫？　ほんとに？）」
五郎「（今までだって俺たち、いくつもの困難を乗り越えてきただろう）」
文治「（え？　いくつの困難を、なんだって？）」
五郎「（だから乗り越えてきただろう！）」
文治「（乗り………え？）」
太一郎「そこの家族、顔で会話するのやめれー。怖いから（と言いながら、後ろにぶっ倒れる）」
エイドリアン「（写真を見つけ）牛頭さん！」
詠美「これこれ、このペンダントの人だ！　すごーい」
運慶「てめえ、酔っぱらいすぎだろ早乙女！」
エイドリアン「（ふり返る）ミスター早乙女!?」

太一郎「これが、酔っぱらわずにいられるかーい」
エイドリアン「あなたは、早乙女さんですか⁉　牛頭さんから、いっぱい、あなたの話、聞きました！」
五郎「出てけ！（エイドリアンにコップの水をかける）」
文治「兄さん！」
五郎「（元気よく）ルネッサーンス！」
エイドリアン「…………（びっくりして声が出ない）」
五郎「そんなこと言うと、思わなかっただろう！　……今、文治のおもしろいやつやってんだよ。あんたがなんだか知らねえけど、それ見ないんなら出てってくれねえかな！　外人だからって贔屓《ひいき》する店じゃねえぞ」
文治「いや、いいのいいの、兄さん！　実はこ、この人ね、牛頭くんの」

五郎、文治を殴る。

アカネ「あんた！」
五郎「あと、何回、おまえ、この、すっげえおもしろいやつ、見せてくれんだい。みんなは何回、こいつのすっげえおもしろいやつ見られるんだい？　あーあ。あーあ。今のでまた寿命縮まったかもしれねえだろ。どーーーすんのこれ！」
蒲生「…………自分が殴ったんすよね」
五郎「（死んだ目で）さーせん」

蒲生「あ、いや」

五郎「さーせんした」

蒲生「…………」

五郎「さーーせん」

蒲生「ええとですね」

五郎「しーやせん」

蒲生「ほんとにあの」

五郎「さーーーーーせん」

蒲生「からんだことを……心から後悔してます」

五郎「俺のだから、これの命！　俺が抗ガン剤のお金ぜっっんぶ出してんだから。死ぬってわかってんのにつっこんでるの、これ、俺のお金だから」

文治「うん。俺ってこう見えてけっこう、お兄さんのお金なの」

五郎「だから、やれって早く。おもしろいやつ。みんないつものでいい？（カウンターに入ってカウンターに手をつき）外人さん？　飲み物どうします？」

エイドリアン「飲み物？（蒲生に）また飲まなければいけないのですか？　私は、お腹がすいているんです。日本に来て、まだ何も食べてない」

蒲生「しょうがないだろ。飲み屋から飲み屋、はしごして来てるんだから。…………ほら、チーフ見てよ、碇《いかり》ゲンドウみたいになっちゃってるでしょ。あれ、やばいサインだから。急いで（メニュー渡す）」

エイドリアン「…………セット？　………の、み放題？　わからない」
蒲生「日本語学校、出ました。はるばる海越えて来ました。なぜ、簡単なセット料金がわからない」
太一郎「そうだ、ようよう、文ちゃん、英語できんじゃん！　説明してやんなよ」
文治「え………いや、いやー」
五郎「やりたくないならやめてしまえ。文治」
文治「や………（アカネを見る）」
アカネ「………ごめんなさい。こんなとき、どんな顔すればいいかわからないの」
文治「に、逃げちゃだめだ…逃げちゃだめだ………逃げちゃだめだ………」
蒲生「エヴァンゲリオン！　うーわ、これ、確変《かくへん》入るパターンじゃないの？」
弁慶「ちょと！　お時間を………運慶にいさん。（呼んで、二人でエイドリアンに小声で）この店の文治さんてのは、この町で唯一英語が喋れるという、噂の男だ。しかし、俺がこの間、彼の英語を聞いた限り、そのしあがりは、ひじょおおおおおおに怪《あや》しい。な」
運慶「うんん。あ、俺は、牛頭の友達の運慶だ。あの写真見ればわかるように、みんな友達だ。あんたを歓迎する気はある。で、あいつの英語、やはり、今聞いてみたらだいぶ微妙だった。あんたが聞いたら一発でわかると思う。だけど、ここが肝心だ。エイドリアン。あの人は、ガンなんだ。キャンサーか？　文治、余命3カ月だっけ？」
文治「ううん。2カ月と、いちにちゅ」
太一郎「かわいいなあ文治の余命、おっと…………12時過ぎてる（目が泳ぐ）」
文治「じゃ、（ものすごく不細工な顔になる）にかげちゅ？…………」

アカネ「今じゃない？」

文治、帽子を脱ぐ。

太一郎「（泣く）みじけーよー！　急にかわいくなくなったよー！」

弁慶「余命2カ月だ。そこ、くみ取ってくれ」

エイドリアン「くみ取る？　わからない？」

運慶「恥をかかすな、ということだ。この町で英語ができるっていうのが、彼のアイデンティティなんだからして」

エイドリアン「アイデンテイテイ？」

弁慶「アイアンメイデン」

運慶「アイアンメイデン。彼のアイアンメイデンだから」

弁慶「（思わず笑う）信じてやんの」

エイドリアン「はあ？」

文治「（カレンダーにバツ印を増やして）ジャスタモーメンツ！」

蒲生「お、余命短くなった途端にふっ切れたぞ！」

五郎「すげえおもしれえやつ、来るぞ！」

文治「（まったく意味のわからない英語を5行分くらいエイドリアンにベラベラまくしたてる＊以下ベラベラベラ）〜アメリカ」

五郎「すっげえおもしろい」
エイドリアン「…………（困って弁慶を見て）」
文治「…………（ベラベラベラ？）」

黙っているエイドリアン。
文治の心臓の音が聞こえる。

文治の声「やはり気合いではだめか。頼む、なんでもいい。答えてくれ。確かに自分でも何を言っているのかわからん！　だが、英語が喋れるキャラってことで受けていた、皆の小さな尊敬を胸に、死なせてくれい！　お願いだ、外国の御女中《おじょちゅう》！」
エイドリアン「（弁慶に背中をつつかれ、しぶしぶ英語で。字幕出る）………あなたは、なにか、無理をしていると思う。けど、わかったように、喋っているふりをしていればいいのね？　いいわ。少しなら付き合えると思う」
一同「おお～」
文治の声「通じた！　通じた上に彼女が何を言っているのかわかる！　ような気がする！　神？　ねえ、神ってやっぱ、いるの？」
文治「（いきおいづいて、ベラベラベラベラ）」
五郎「すっげえおもしれえ」
エイドリアン「（英語で、表向きは愛想よく笑いながら。字幕）はいはい、あなたは、英語ができる人。そして、私と喋っているふりをすれば、なにかのプライドが満たされるというわけね。いいわ。私、この人たちに嫌われたくないもの。この人たちは、ものすごいバカばっかりだけど、牛頭さんに会うためにはすがるしかないものね。笑ってればいいのよ。そうすれば、時間は通り過ぎて行く。そうでしょ？　文治さん」

文治「（エイドリアンが喋っている間、「アハン」とか「シュア」とか言っていたが）イエス！　オーケイ！　ユア、クーール！」

文治・エイドリアン「ランチパーック！（ハイタッチ）」

エイドリアン「（調子を合わせて盛り上がる）イヤー！」

太一郎「通じてんじゃん！　な、何だって言ってんだ？」

文治「………この店はぁ、ほんっっっっとうに楽しい店だから、私が借り切って、みんなにハイボールいっぱいずつ奢りたいって。今日は私のスナック記念日だって！」

文治の声「神様、ありがとう」

全員、盛り上がる。

エイドリアン「何………なにを言ってるの？」

弁慶「言ったんだろ？　あんたが、言ったんならしょうがないよ」

エイドリアン「言ってない。絶対に言ってない」

運慶「じゃあ、今、文治が言ったことはでたらめです。って、みんなの前で言えんのかよ？」

文治「あとね、せっかくスナックに来たんだから、カラオケ歌いたいって！」
太一郎「いいじゃなーい！」
梅図「牛頭くんから聞いてるよ、歌手なんだもんねえ！」
文治「何歌いたいの？（ベラベラベラベラ）」
エイドリアン「（英語で）もういいよ！　何言ってんのか、わっかんねえから！（これは字幕なしで）」
文治「すごい！　せっかく日本に来たことだし、『釜山港《ぷさんこう》に帰れ』を歌いたいって」
エイドリアン「ｗｈａｔ⁉」
梅図「しぶいとこ行くわねー。なにがせっかくなのかわかんないけど」
太一郎「入れちゃえ入れちゃえ」
文治「はい、マイクマイク。（べらべらべら）」
エイドリアン「全然、わからないですよ！」
太一郎「むしろハングルバージョンで！」
梅図「せっかく日本に来たんだからハングルバージョンで！」
全員「げらげら」

『釜山港へ帰れ』のイントロが重く流れる。
各々、注《つ》がれた酒で乾杯を始める。

エイドリアン「…………」

運慶「（そばに寄って）歌っとかないと嫌われるぞ」

エイドリアン「…………ホントに、知らないのです………」

太一郎「どうした！　まさか文治が適当なこと言ったとか言ってんじゃねえだろうな！　どうすると思う？　オレどうすると思う？（バケツを持って）ゲロ吐くぞ！　ゲロ吐くぞ！（ゲロ吐く）はい、吐きました！　どうなったと思う⁉　スッキリしました！」

気まずい間。

一同、厳しい顔。

エイドリアン、助けを求めるように皆を見るが

五郎「やばいぞ。アカネ！　ちょっとつないで！　あれやって！」

アカネ「つなぐって、ええ？　あれやんの？　やだ！」

五郎「文治に恥かかす気か！」

アカネ「あたしが恥ずかしいよ！」

五郎「愛してるから！」

アカネ「…………しょうがないな。蒲生ちゃん、手伝ってよ！」

運慶「外人さん！　この店で『釜山港へ帰れ』入れといて歌わないと、ここのママがどうなるかよおく見てごらんよ！」

アカネ、いつの間にか黒いチョゴリを着て北朝鮮のアナウンサーに変身している。
背景は、山っぽい感じになっている。

蒲生「みんな、泣いて！　泣かないとアカネさん、カラオケつなげないから！　将軍様のことちゃんと考えて！」

エイドリアン以外、天を仰いで「アイゴー！」と泣く。

アカネ「（震える声で）ピョンムニ、オロムチョン、チョソン、レンミン、ウルポジハスニダ！　チョソン、ハルポジャ、ウッチャムニゲン、オッソッソヨ！　オッソッソヨ、ピルムニ、ジョンベルヌン、チョッチョルゲ！　オナニボールペン！　ウッチャチゲ、チュンジョンソッキョ、オッパー！　ボヌボヌ、バカボヌ、バカボヌボヌ、ニンドスホッキョッキョ！　…………モムチャンダイエット、ゼンゼンヤセヌン！　ハミゲ！　クッソフンダ、ハミゲ！　ピョンニョンナム、タンシヌン、キム・ジョンイル、クッソフンダ、ハミゲ、スミダ！　（泣き声に）ナゼコンナン、ナゼコンナン、フンドシカラ、ハミゲ！　フンドシカラ、ハミゲ、ソヨグセヨ！　ナゼコンナン、チンゲ、グンゼヌン、パンツカラヌン、ヨコニハミゲソヨ、タテニハミゲソヨ！　キム・ジョンイル、グンゼパンツ、マエニションベンスジ、ウシロヌン、クソスジ、イッポンミゾ、チャイロヌン、クソスジ！　キム・ジョンイル、クッサイクソスジ、キング・クリムゾン！（などと言いつつホントの涙を流しながら背景ごと、どんどんエイドリアンに向かっていく）！」

詠美「ほら、お姉さんが歌わないから、北朝鮮のアナウンサーが鬼迫って来てる！　ほらあ、アナウンサー鬼泣いているじゃない。がんばってよ！」

アカネ「ニンドスハッカッカ！　マ！　ヒジリキホッキョッキョ！　ガ！」

太一郎「あー、伊東四郎、出ちゃった！　ベンジャミン伊東出てきたらもう、終了の合図だからね！　もうなんにも出てこなくなって来てるから。謝って！　とにかく謝って！」

エイドリアン「謝る？　なんだそれ？」

運慶「謝るくらいわかるだろ、いくら謝るのが嫌いなアメリカ人でも（しこを踏む）！」

弁慶「土下座《どげざ》して！　ジャパニーズ・ドゲザ（しこを踏む）！　ハリアップ！」

エイドリアン「（慌ててウエストポーチのジッパーを空けてだみ声で）むねんじゃ、ぺまぎゃるぽっ（ぶっ倒れる）！」

弁慶「それ、切腹でしょうが！」

蒲生「まじで、めんどくせえの拾って来ちまったなあああ！」

暗転。

すぐにスポットライトに照らされて、アカネ。

アカネ「スナックを開店してすぐに、旦那から、北朝鮮のアナウンサーの真似を叩き込まれたわ。私の美しさはキム・ジョンイルのパレードの美しさだって。わけがあ、わかんない。ま、確かに最初のくどき文句は、キム・ヒョンヒぽくて、きれいだねだったから、ぶれてはないですけどね」

N２「（男の声に変わって）それは、まんざらではなかったということですか？」
アカネ「はい。キム・ヒョンヒっぽいって言葉を、プラスの方向で受け取ったことはなかったし。…………逆に嬉しかったですね。テロリストの感じ乗り越えて好きになってくれたわけですから。北朝鮮のアナウンサーは、断りきれない部分がありますね」
N２「夫の五郎さんに対する、負い目はあるんですか？」
アカネ「…………あたしが、不用意にドアを開けて、千歳飴で彼の喉、潰《つぶ》しちゃったことに関しては、はい、一生背負わなきゃいけないことかなと」
合唱団「♪千歳飴で、喉、潰しちゃった」
アカネ「もちろん。でも、それで、店を二人で一緒にやっていこうって、絆は逆に深まったと思いますけど」
合唱団「♪成人式の袋と交換した、千歳飴」
N２「それなのに…………なんですね？　アカネさん。…………だからこそ、ですか？　別のドアをまた空けてしまったのは」
アカネ「…………」
N２「…………では、また後ほど。あ、ナレーターは（仮に）萬田さんからわたくしが引き継いでおります。引き続き、15分後のスナック『メリケン波止場』です」

次第に明るくなると、元のスナック。
エイドリアンを取り囲んで、太一郎、運慶、弁慶、梅図、文治。カウンターの中にアカネ。カウンター席に蒲生。

太一郎「さっきは酔っ払ってて、ホントすみませんでした。…………吐いて、ほんと、スッキリしました。牛頭くんの先輩で、彼を自宅に下宿させてます。早乙女です」

文治「(通訳しようと、べらべらべら………)」

エイドリアン「…………もういいから。早乙女さんが、いい人だというのは、たくさんのメールで、わたし、知っています」

太一郎「(照れる)牛頭のやつ。…………今日はだから、家に泊まるといいですよ。………ああ！　うち、ババアがいるから大丈夫。ちょっとボケちゃってるからね、泣きたくなるくらいめんどくさいけど。あいつ母親いないから、もう、小さい頃から家に入り浸って、犬の兄弟みたくしててね、二人で一つの十円玉誤飲しあったりしてね。ケヘッ、ケヘッ……てね。人間なのにね。あいつが同じ高校で先生やることになったのも、すごい、嬉しくて…………。あれ………ごめんごめん、あいつのこと考えてると涙出てくるんだよね。だから俺、あいつがいなくなって、演劇のことなんにもわかんねえのに、演劇部の顧問引き継いでるんだもん」

エイドリアン「…………いなくなった？」

詠美、奥から出てくる。

運慶「詠美。チーフの様子どうなのよ」

詠美「熱？　40度から39度に下がった」

蒲生「ものまねが楽し過ぎて、40度の熱を出す50歳がいるかね。実際これ、何度も見てるやつだよね！」
アカネ「子供なのよ」
詠美「じじいだったお」
運慶「見かけの話じゃねえだろ」
詠美「じじいのエンディングみたいな顔して寝てたお」
梅図「なに、じじいのエンディングって？　その話し方やめてくれる？　殺したくなるから」
運慶「蒲生ちゃん」
蒲生「あ？」
運慶「詠美をさ、家まで送ってってくれないかな。何時だと思ってんだバカ野郎！」
詠美「なんでよ、パパ！　あたしがエイドリアン連れて来たんだよ」
運慶「そのエイドリアンと、大人の大事な話があるんだよ！　ガキは、けーれ！　水屋の棚に銀紙に包んだサツマイモがあっから」
文治「昭和か！」
詠美「わんわんお！　わんわんお！」
梅図「（氷を投げつける）なめんじゃないよ。あたしが万引き野郎を何人病院送りにしたと思ってんの？」
アカネ「そうだ、あたしも、乗っけてってくれる？　蒲生ちゃん。…………文治くん、悪い、片づけお願い。それから…………その、そっちの話も」

文治「うん。うん。あがって、義姉さん」
アカネ「北朝鮮やるとさ、血管ブチ切れそうになるのよ」
文治「わかる。蒲生さん、姉さん、頼むよ」
蒲生「(行きながら)……まだ、エイドリアンからタクシー代もらってねえんだけど」
弁慶「それは、俺が、おめえの借金の中から払っとくからよ」
蒲生「ん?……なぬ? (芝居がかって)これはもしや、詠美ちゃんというより、むしろ俺を店から追い出そうとする謎のチームワークなのかぬ?」
運慶「いいから行け、この野郎! 血まみれのやつがいると酒がまずいっつうんだよ! かわいがるぞ」
弁慶「かわいがるぞ」
蒲生「……かわいがられちゃあ、こりゃあ、一大事だ。退散するかぬ」

蒲生と、詠美と、コートを羽織ったアカネ、去りかけて。

詠美「あ、そうだ! これ言っとかなきゃ。あのね、早乙女先生、明日、演劇部に朝丸さんが来てくれるって」
太一郎「朝丸? 誰、それ」
詠美「元俳優さん。今弁慶さんとこのホストだけど」
弁慶「ま、ちょっとドンペリ入れられちゃったんで」

太一郎「聞いてねえぞ」
詠美「部長判断だお」
梅図「もう許すまじ！」

梅図がつかみかかろうとする。
思わず、止めようとして、胸をわしづかみにしてしまう太一郎。

梅図「い、いやああん！」

間。
この間に3人、出て行く。

梅図「ずるいよぅ…………」
エイドリアン「話しは変わりますが、牛頭さん、いなくなった？　今日は、私は、会えないんですか？」
太一郎「そこなんだ。写真見ればわかるように、俺たちは牛頭の親友だ、ね、写真のときは、いっつも真ん中ですよ、一番年下なのに。真ん中にいる人間の情報の発信力ハンパないからね。だから、エイドリアンのことは、みんなよーく知ってるんだ、あなたの写真も見せてもらってるし」
文治「ディス・イズ・フレンドリー」
エイドリアン「…………（弁慶を見る）」

弁慶「あ！　わ！　お、俺ね。気づかなかったってことでしょ？　や、うん。あの店暗いしね、一応店長だから、３６０度店の中のこと目配りしてるんで、あのね、常に３６０度目配りしてると、逆に、なんっにも見えないのね。…………３６０度目配りする人は、だいたい目が回ってるね。それに今日気づいちゃった。ごめんなさいね………でも、あれね。歌うまいねー、さすがに」

エイドリアン「牛頭さんに、一度だけ歌を聞いてもらったことがあります。とても、褒めてくれました。日本にはないタイプのメロディだって」

弁慶「ん？　………んーー」

エイドリアン「いつか日本に来ればいい、きっと仕事が見つかるよ、と、彼は言いました」

太一郎「そうだね。牛頭はそう言うよ。そういう男だよ。見てよ、写真。一番若いのに真ん中だもん。真ん中に来る男はね、そういう夢見がちなこと言うんだよ。で、…………その、牛頭なんだけどね。ふーっ…………(皆に) 俺だよな？　…………今、正直な話、東京にいないんだ。…………もっと言うと、どこにいるか、わからないんだ」

エイドリアン「！」

梅図「いることはいるのよ。落ち着いてね」

太一郎「今年の3月の震災の前の日、俺たちは、エイリアンが日本に来るって言うんで」

梅図「エイドリアン」

太一郎「エイドリアンが来るって言うんで、その、…………バーベキュー・パーティーをね、開いてあげようって、準備をしてたんだあ。あの写真が、そのとき撮ったやつ。さっき帰ったママもそこにいた。あの、扇風機おばさん。ね。みんな牛頭が大好きだったから。ここまではわかる？」

エイドリアン「…………はい」

太一郎「オーケイ。ところが、次の日、震災があった。それで、君たちは連絡が取れなくなった。でしょ」

エイドリアン「はい。電話もつながらない。メールもできない。私は……飛行機のチケットを、やむをえず、キャンセルしました」

間。

太一郎「震災の次の日、牛頭は、部屋に、こんな書き起きを残して、僕たちの元を去ったんです」

太一郎、マッチをエイドリアンに渡す。

エイドリアン、受け取って、

エイドリアン「読めない」

太一郎「…………僕は、東北の人たちのためにボランティアに行きます。いつ帰れるか、わかりません。みんなの幸せのためにがんばります。…………ね？　あれ以来、んー、もうあれか、８ヶ月くらいになるかな。牛頭と連絡がとれなくて。でも、あいつがボランティアに行くって言ったら、俺たちは、ああ、そうだろな、って、初めはそういう受け取り方だったわけよ。だって、そうでしょ。そういうやつだもの。いい奴って、だいたい電波つながりにくいの。みんな連絡しちゃうから。

ね」

エイドリアン「すいません。わかります。半分ほど」

運慶「じゃあ、失踪《しっそう》ってわかるかい？」

文治「（ベラベラベラ？）」

エイドリアン「（めんどくさいな、この男、と思いながらも、うなずく）はい」

運慶「まあ、結局、この町では牛頭は、法的にも、そういう扱いになってるわけだ」

エイドリアン「失踪……」

梅図「でも、日本は今、混乱していてね、そういうわかんなくなっちゃった人は、いっぱいいるの。それはわかって」

エイドリアン「……（頭を抱えて）牛頭さんは、困ったときには日本に来ていいと、言いました。私は、それだけを頼りにアメリカから来たのです。……私は、すべてを捨てて、いいえ、失って、日本に来た。だから困っているのです。……牛頭さんは、生きている？　そう思っていい？」

間。

ぎゅうるるるると、エイドリアンの腹の虫がなく。

エイドリアン「誰も、答えない。日本に来て、もう、9時間になります。でも、誰もはっきりした答えをくれません。みな、曖昧に笑う。いつも！　道を尋ねたら、タヌキが出てきた。なぜ！　そして、アルコールを飲まされて、笑って、ごまかす。真実の私は、とても疲れているし、お腹がすいています。ここにはピーナッツしかない。信じられない。お金もそんなにありません。私は、どうしたらいい……誰か、答えをください⁉」

運慶「…………金を稼ぐ方法は、なくはない」

そのとき、バーンとドアが空き、ビンチャックが入ってくる。

ビンチャック「社長！　奥さんが！」

風。次第に音楽。
ドアの奥に戻り、酔っぱらっているミヤコを連れてくる。

運慶「ミヤコ！」

ビンチャック「溝にはまってた！　手足を、動かしてた！」

ミヤコ「ねえ、運慶！　あたし、いっつもホストで遊んでごめんね！　罪滅ぼしに肉まん4つ買って来たから！」

運慶「いい女房なんだよ、このババア！　誰の子かわかんねえ子供さえ生まなきゃ、もっといい女房なんだよ！」

ミヤコ「道々、3ツ半食べちゃったから、半分だがな！」

地面に肉まんを投げつけるミヤコ。
飛んで行って、むさぼるように食べるエイドリアン。

梅図「食べた！　半分の肉まん、食べた！」
ミヤコ「いいよ、（かすれた声で）その代わりよう、おねえちゃんがよう、いつかな、冠番組もったら、使ってくれよな」
エイドリアン「ああ？」
文治「殿《との》だよ、殿。エンペラー」
エイドリアン「ｗｈａｔ？」
ミヤコ「（エイドリアンを殴り、首をかくかくさせ）　ファッキンジャップくらいわかるよ、この野郎！」
太一郎「言ってない、言ってないですよ」
ミヤコ「ロッキーチャックは山ネズミだ、この野郎！」
太一郎「やばい、完全に殿、出ちゃってる。完全にヤバい。（殿で）文治この野郎、早くこのタイミングで『浅草キッド』まわしだバカ野郎」
文治「（カラオケのマイクをとって、殿で）はい、♪いーれましょう、いれましょう、『浅草キッド』を入れましょう（マイクに頭をぶつける）。いって！　………あれ？」

場面が急に変わり、タクシー。
詠美が降りているところ。

詠美「………蒲生さん、お金」
蒲生「ああ、いいよ。その代わりっちゃ要求がでかすぎるけど、義理の父ちゃんによう、弁慶から債権買わないでって、言っといてくれる？」
詠美「債権？」
蒲生「ああ、わかるわけねえか、いい、いい。詠美ちゃん、あれな、あれだぞ、人に優しくな。そうすればうまくいくから、だいたいな」
詠美「…………（笑う）変なにょ。バイバイ（去る）」
アカネ「あたしも、ちょっと降りる。タバコ吸いたい」

アカネ、車の反対側に降りてタバコに火を付ける。蒲生も降りて…………

蒲生「吸っていいのに。会社の車じぇねえから、個人だから」
アカネ「だって、新車でしょ？　悪いじゃん。（車をなぞる）どう？　個人になりたての気分は？　もっともこの町じゃ、蒲生ちゃんは、ずーっと個人だったよね。誰ともつるまないっていうか、つるめないっていうか」
蒲生「ねえ、アカネさん。あの外人なに？　なんでみんなあんなに気ィ使うの？」
アカネ「………（ごまかして）珍しいじゃん、蒲生ちゃんが他人に興味持つなんて。個人のくせに」
蒲生「ま、ないっちゃないけど。ずいぶん露骨に閉めだしてくれやがったな、と思って」

アカネ「（遮って）脱がせて。なんか、北朝鮮やると無暗《むやみ》に身体《からだ》がほてるの」

蒲生がコートを脱がせると、超ミニのワンピースとハイソックスの間から絶対領域がのぞく。

蒲生「出たな、絶対領域」
アカネ「くすくすくす」
蒲生「なに？」
アカネ「（五郎の真似で）俺のだから、これの命！　俺が抗ガン剤のお金、ぜっっんぶ出してんだから」
蒲生「え？　なに？　五郎さんの真似？」
アカネ「見苦しい顔だよー、そういうとき。人間むき出しみたいな。身内なんだから金くらい出すのあたり前でしょうね」
蒲生「（あたりを見まわし、絶対領域を触りながら）でもまー、五郎さんもつらいはつらいよね」
アカネ「わかってるよ。文治くん雇ってるだけでもカツカツなんだから、あんな身内しか来ない店……（敏感なところを触られて）はすっ」
蒲生「（だんだん興奮して来ながら）結局、運慶さんに借金してんだろ？　薬代（パンツを脱がせる）」
アカネ「そうだよ。だから……はあっっ！　……つけこまれんのよ。スナックにオシボリなんかいらないっつのに、ドンドン持ってきてさあ。月に（指の動きが早くなる）５万もオシボリいら……ちょっ。はあっっ！」
蒲生「（激しく）かわいそうだよ、五郎さん！　運慶さんに金借りたら、もう終わりだよ！」

アカネ「知ってるよ、かわいそうだよ！　昼間もベルトコンベアー工場でバイトしてんのよ。店が軌道に乗ったのと入れ変わりだもん！　それはわかってるよ、やつのつらさは！　気持ちいい！　かわいそうだよ。スー、気持ちいい！　（足がつっぱらかる）はあっっっ！　だめ、ちょ、いかせて、いかせて、交尾《こうび》座席に！」

蒲生「だめ、交尾座席がびちょびちょになる」

バルさん「（突然いて）後部《こうぶ》座席じゃねえの？」

蒲生「わあ（飛び退く）」

アカネは大量の小便を吹き、それがすべてバルさんの顔にかかる。

バルさん「（ものすごい勢いの潮を浴びながら）さっきのタヌキの駆除費よお、誰に請求すればいいかね…………。これ、なに？」

アカネ「あたしにもわかんないのお！　なんだと思います、ううう⁉」

バルさん「（浴びながら）中国の…………お正月⁉」

蒲生「やだよ、こんな正月！」

N2「アカネさんが新しく開けてしまったドアからは、その夜、誰にも言えない秘密の潮を噴き出しました。そのとき、轍ヶ丘の夜空には、キレイな月が浮かんでいました。もし、それが太陽だったら、きっと、轍区の空に薄汚い虹がかかっていたことでしょう」

スナック『メリケン波止場』に戻る。
『浅草キッド』のイントロが流れる。

文治「それでは『メリケン波止場』恒例、『浅草キッド』まわし、まず、年長者の運慶さん！」

全員が、順番で完璧なビートたけしの真似で歌いはじめる。

運慶「♪お前と会った仲見世の　煮込みしかない　くじら屋で」
文治「弁慶くん！」
弁慶「♪夢を語ったチューハイの　泡にはじけた約束は」
文治「で、俺！　(中でもものすごく似ている)♪灯りの消えた浅草の　コタツ1つのアパートで」

全員、お互いを褒め合う。

文治「はい、早乙女先生！　ロボットたけしで」
太一郎「♪(ロボットで)同じ背広をイー、初めて買って、ニーガシャンバス！　同じ形の、ニ？　たい作りガシャン、バスバス　同じ靴ガシャン　買う金は無くバスバスバス　いつも、ガス、笑いのネタにした」

歌の途中から、たけしのお面を被った五郎が出てくる。
全員、「本人登場!?」とか言って、盛り上がる。
びっくりしたふりをする太一郎。

五郎「♪いつかうれると信じてた　客が2人の演芸場で」
文治「兄さん、復活!!?」

全員、泣きはじめる。

梅図「（エイドリアンに）ごめんねえ、わかんないよねえ！　でも、これ歌ったら、ほんとみんな味方に（と、途中で）、♪夢をたくした100円を　投げて真面目に拝んでる」
ミヤコ「♪顔にうかんだ　おさなごの　むくな心に　またほれて………次、歌え、エビドリアン！（マイクをエイドリアンにつき付ける）」
エイドリアン「（困って立ち尽くし）」
文治「（英語で。字幕なし）歌って！　とにかくハミングでもいいから」
太一郎「ここ一番のチャンスだからあ！　頼む！」

歌わないので、全員、しかたなくマイクなしで歌いだす。

♪1人たずねた　アパートで
　グラスかたむけ　なつかしむ

一瞬音声がゆがみ、スローモーションの世界に。
突然、ピンチャックが、何を思ったか、エイドリアンに「安心しろ、俺がいる」というような、かっこいい目つきでマイクを奪って歌う。つられて、エイドリアンも首を傾げる仕草を付き合う。

♪そんな時代も　あったねと
笑う背中が　ゆれている
夢はすてたと　言わないで
他にあてなき2人なのに
夢はすてたと　言わないで
他に道なき2人なのに

［その間の会話］

太一郎「いけるじゃん、なんで歌えるの?」
運慶「あいつの国、ビートたけしすっげえ人気あんだよ。みんな、カラオケで歌えんダ。おい、首付けんか、首! 首、遊んでんぞ!」

弁慶「首だよ首！　もっとガッと入れろ！　肩も一緒に行けよ！　首が発展途上国なんだよ、この野郎！　う！　ガッと入れろ肩に首！　しょうがね、肩はずして、首、全部ガッと中に入れろ、首！」

あおられて首をバンバン振っていて、最終的にビンチャック、首が不自然に曲がってぶっ倒れる。

梅図「ちょっ、ストップストップ！」

文治、音楽を止める。

太一郎「どうした！」
弁慶「…………（触って）首の骨が折れてる」
太一郎「なにーーーー！」

間。

皆、弁慶を見る。

弁慶「おー、おー、俺かー⁉」
エイドリアン「ｏｈ　ｍｙ　ｇｏｄ！」

太一郎「大惨事じゃねえか！」

間。

太一郎「おかあさーん！　おかあさーん！」

暗転。救急車の音。

N2「こうして、エイドリアンさんの来日1日目が終わりました。…………ところで、ビンチャックさんがエイドリアンさんからマイクを受け取る際、あることを言いました。そこだけ、もういっぺんやってもらいましょう」

明るくなる。スローモーションで再現される、その瞬間。

ビンチャック「（エイドリアンに英語で）大丈夫。俺、牛頭さんの居場所知ってる」

エイドリアン「（英語で）ほんとうに⁉」

ビンチャック「（メモを渡し）俺に明日、電話して」

暗転。

N2「ビンチャックさんが告げた、一言、それがこの後、とんでもない事態をまねくことに、このときはエイドリアンさんは気づくよしもなかったのです。エイドリアンさんは疲れ果てていました。彼女は、本当に、牛頭さんに会えるのでしょうか……」

闇に一瞬浮かびあがる牛頭の部屋。二畳一間くらいの、ものすごく汚いタコ部屋みたいな部屋。その中で呆然としているエイドリアン。

エイドリアン「……ここ。牛頭さんの部屋？　これが？」
トメ「そうだよ、おやすみー」
エイドリアン「すいません、なにか、食べるものを……」
トメ「（苦笑）降参降参、英語わかんない！　無理無理無理。無条件降伏！」

トメが乱暴に扉を閉めると暗くなる。
浮かび上がる絶望的なシルエット。

N2「……もうすぐ、轍区の夜が明けます。エイドリアンさんが、日本に来て2日目が訪れようとしています。もう、実際、かなり嫌いになっているかもしれませんが、……それでも、ウェルカム・ニッポン」

字幕・語り手（例えば）ケラリーノ・サンドロヴィッチ。
そして、語り手2のPVのような映像が、最初と同じように展開して………。
途中から、「あ、え、い、う、え、お、あお」と、演劇部の生徒たちの発声練習が聞こえる。

N2「ここは、轍区轍ヶ丘高校。牛頭さんが失踪したため、体育教師の早乙女太一郎さんが顧問を務める演劇部の部室です」

演劇部員、白石恵、詠美、会田《あいだ》、大麻《たいま》、草間《くさま》。
それを座って見ている朝丸。

白石「はい、発声終わり」
朝丸「じゃあ、とりあえず、稽古、見せてくれる？」
白石「…………はい。じゃあ、キスシーンの練習するよ」
全員「はい」
朝丸「キスシーン？」
白石「会田《あいだ》くん」
会田「はい」
白石「ちゃんと、歯、磨いて来た？」

会田「はい」
白石「歯の裏まで？　歯周《ししゅう》ポケットの中まで？」
会田「はい」
白石「女優さんっていうのは、キスシーンとか一番ナーバスだからさ」
会田「はい」
白石「こないだみたいに、舌で無理やり歯をこじ開けようとしないで。まじで。感情さえシンクロしたら女の口は自然に開くから」
会田「すみませんでした」
白石「草間《くさま》さんも、歯、くいしばり過ぎだから、会田くんがこじ開けざるをえなかった部分、あると思うけど」
草間「反省してます。ちょっと親の顔が浮かんじゃって」
白石「親の顔…………。ふっ。これ、プロだったら、へたしたら、事務所同士の話し合いになってさ、会田くんサイドが、小さなプロダクションの俳優だったとして、会田っていう俳優は、基本、キスシーンは舌ねじ込んでくるんですか？　って噂なんて簡単に広がるんだよ。そういうのキャスティングの段階で一番はじかれるから。そして、その負い目を草間さんは一生背負って生きなきゃいけないんだよ！」
会田「それだけは避けたいです」
草間「ごめんなさい」
白石「あと、ついでに言うけど大麻《たいま》くんさ」

大麻「はい」
白石「この世界目指すんなら名字変えたほうがいいよ」
大麻「え！　名前すか？」
白石「かっこいいと思ってる？」
大麻「うあやー、本名なんで」
白石「あなたがたとえば代理店の人間だとして、大きな麻と書いて、大麻っていう俳優をＣＭにキャスティングしますか？」
大麻「…………………」
白石「あ、いいや。ごめん。じゃ、会田くんと草間さん。始めよっか。はい！（手を叩く）」

会田と草間、そこそこ深いキスをする。

詠美「どう思います？」
朝丸「…………んーーー？　これ、台本にあるの？」
詠美「まったくないです」
朝丸「ないの？」
白石「（苦笑）高校演劇ですよ？　なんでキスシーンがありますか」
朝丸「じゃ…………」
白石「ワークショップです。俳優としての基礎訓練です。はい、やめ」

白石、草間を会田からはぎ、唾をひっかける。

朝丸「ええっ！」

白石「はい。質問。草間さんと梨高《なしたか》由里子、どっちがかわいい？」

草間「…………梨高さんだと思います」

白石「その梨高さんは？　10代のとき、初主演映画『蛇にトリス』で？」

草間「全裸になりました」

白石「それで？　後ろから前から？」

草間「…………（真っ赤になって）セックスみたいなこと、してました」

白石「ドラマの部分は？」

草間「ＤＶＤで飛ばして見たので…………わかりません」

白石「会田くんも見たって言ってたよね。ドラマの部分は？」

会田「…………飛ばしちゃいました」

白石「でしょうねっ！　みんなそうです！　日本中の人がドラマを飛ばして見てると思います。それくらい衝撃的だったってことです。梨高由里子でパソコンで検索してください。一発目で、『梨高由里子、初主演映画で男優の高速ピストンに本気あえぎの衝撃動画』ってのが、出てきます。女優の濡れ場はね、ネットの世界で独り歩きして、永遠に消えないんです！　それもすべて、初めっから戦略として視野に入れて、なおかつ、あれだけの濡れ場をやっているの。大きな事務所だから考えなしには脱がないの！　梨高さんよりかわいくないあなたが、なぜ、何を守ろうとしているの？　かといって、詠美みたいに笑える顔でもないわ乳もないわ。もしバトミントンの選手だったら、まあ、かわいいくらいのあなたに、なんの武器があるの？　バドミントン!?」

大麻「(泣きだす)」

白石「なんであんたが泣くの？」

詠美「高一だもん」

朝丸「…………いや、そこそこやってたと思うけどなあ」

白石「甘いのよ。手も足も遊んでるし。わたしたち、さほどかわいくない女優のグループが舞台に上がるのは、このへんの精神論固めてからの話だから。キスシーンにはね、俳優のメンタル面のすべてが凝縮されてるの！　見てて」

白石、マウスウォッシュをすると、いきなり会田に足と舌をからめ濃厚なキス。

詠美「…………ま、負けないもん！　やるよ、大麻くん！」

詠美、大麻と、負けじと激しくぶつかあり合うようなキス。

詠美・大麻「ん！」

大麻「…………歯が折れた！」

朝丸「おかしいおかしい、これはおかしいぞ……」

つかつかと太一郎が現われ、白石をひきはがす。
後ろから、びっくりしているエイドリアン。

朝丸「だれ？」
詠美「早乙女先生。みんな並ばせるから」
太一郎「みんな並べ」
詠美「そしてぶん殴るから」

太一郎、全員に劇的なビンタ。しまいには朝丸にまで。

詠美「犬か？　って言うから」
太一郎「犬か？　おまえらは。盛りのついた犬なのか？」
詠美「どういうことだ、って言うから」
太一郎「どういうこと……いちいち予言するな！！」
白石「演劇のワークショップよ！　知りもしない先生が口出さないで！」
太一郎「エロすぎるだろう！　今日はな、牛頭先生のアメリカのお友達が、牛頭が、どんなところで働いていたか、見たいってから連れて来てるんだよ」

エイドリアン「………こんにちは」
朝丸「エイドリアン！　よかった。あなたにね、じゃっかんめんどくさい話があるの」
太一郎「うるせい、チンピラ！　外国からのお客様の前で、みっともないことをしてくれるなよ！」
白石「(エイドリアンをしげしげと見て) へえ………あなたが………。(突然) みずしらず！」

エイドリアンを突き飛ばして、走り去る白石。

太一郎「白石！　ちょっと待て！　なんだ、みずしらずって！」

太一郎、追いかける。

朝丸「…………エイドリアン、実はね」
エイドリアン「(詠美に) 牛頭さんは、こういうことを教えていたんですか？」
詠美「ううん。先生がいなくなったあと、白石さんの独断で。彼女すごい芸能界のこと意識してて………。どう思います？　朝丸さん、うちの演劇部」
朝丸「…………一生懸命なのは伝わる。でも、なんか、なんだろう、マニアックすぎるね。今の演劇って、あんな激しくないよ、リアルに。もっとライトだよ」
一同「そっち教えてください！」

朝丸「その前に、エイドリアン、これ…………（と、封筒を渡す）」
エイドリアン「…………？」
N2「こうして、朝丸さんは、昔いた劇団のやり方で、演劇部のみんなに稽古をつけることになりました」

体育倉庫が出現する。
飛び箱や、マットレス。
ドアを開けて、白石が飛び込んでくる。
それを追って、太一郎が入ってくる。

太一郎「飛び箱に、マットレス……ここは、体育倉庫じゃねえか！！」
白石「……体育の先生でしょ？　しっかりして」

間。

太一郎「…………好きだ、白石」
白石「……あたしも、先生」
太一郎「よくぞ…………（白石を抱きしめ）よくぞ、体育倉庫に逃げ込んでくれた！　体育の先生が体育倉庫にいるときの、尋常じゃない安定感おまえわかるか！　そんな体育倉庫にいるおまえが

白石「先生…………好きだ！」

太一郎「昔『高校教師』ってドラマがあった。俺、そのドラマの大ファンだったけどさ…………。あんなんなっちゃいけない、あんなんなっちゃいけない、と、思えば思うほど…………こんなんなっちゃった！」

白石「先生。好きぃ。大好きっ。牛頭先生がいなくなって、そのことを相談するうち、あたしは早乙女先生と、こんな関係になっていました」

太一郎「急にモノローグに入るな、びっくりする、いや、そこも好きだ。そう言うのコミで好きだ。白石。…………さっき、会田にしてたことと、同じことしてくれっ」

白石「ううん。先生に会田くんと同じとか、そんなことできない」

太一郎「白石ぃ？」

白石「それ以上しかできない」

太一郎「白石ぃ！」

白石、「それ以上のこと」を太一郎にする。

白石「（唇を離し）ぷはあっ。（太一郎のズボンを脱がせながら）…………こんなことばれたら、先生、おしまいよね」

太一郎「…………………」

白石「うそ。でも、あたしが25歳になったら、結婚してくれんでしょ。待てる？　あと、６年」
太一郎「………（曖昧に）ふぁん」
白石「じゃ、いそご」

太一郎、白石を飛び箱に押し付け、下着を脱がせて、バックから挿入する。
しばし、真剣にセックスを楽しむ二人。

N２「白石さんは、自分の人生に保険をかけたのでしょうか。確かに早乙女先生は公務員。この不安定な時代に将来は約束されています」
白石「そういう打算だけではありません。あん！　あんん！　あたしは、力を持っている男が好きなんです。大好き。牛頭先生が好きだったみたいに。二人とも顧問だし、あたし、顧問感のある人が好きなのかな」

太一郎の携帯が鳴る。

太一郎「あ、携帯、ちょっと見ていい？」
白石「うん、いいよ！」
太一郎「（携帯を見て）…………ああ！　…………母さん、もう！　…………いかなきゃ！」
白石「んん？　（急に太一郎がスピードを上げるので）ああああああっ！」

N２「轍ヶ丘高校から１００メートルほど離れた商店街にあるコミュニティストア梅図。太一郎さんにメールしたのは副店長の梅図幸子さんです。この日は梅図さんにとって、人生の節目となりました」

段ボールとロッカー。
スーパーの倉庫。
椅子に座らされているトメ。
上から睨《にら》みつけている梅図。
トメの買い物かごから万引きした品物を物色している梅図の夫で、店長の弘樹。

弘樹「このオードムーゲも、レジ通してないじゃん。ねえ、トメさん、使わないでしょ、これ。オードムーゲの意味もわかってないでしょ……あれ、またこりゃでっかいな。ダイゴロウだ。飲まないよね、あんた酒」
トメ「（ヘリウムガスを吸って）だからあ、一回外出て、またレジんとこ戻るつもりだったんだよお。ほんとだよ。きれいな空気吸ってさあ」
梅図「それはないっしょ、トメさん。哀しくなるよ。20年以上の付き合いで、また、あきれた言いわけをしてくれないでよ」
弘樹「だいたい外の空気のほうが、汚れてるよ今は」
トメ「（ガスを吸って）淀んでんだよ、店の空気が、あんたら夫婦が仲悪いから」

弘樹「関係ないでしょ。肉も野菜も新鮮なもの仕入れてますよ。確かに俺ら別れるらしいけどね」
梅図「そんな話は今いいよ」
トメ「(ガスを吸って) 嫌なスーパーだよ」
弘樹「ヘリウムやめて。声変える意味ないから。その嫌なスーパーで万引きしてるのはあんただよ、トメさん」

ドアを開ける、太一郎。
ズボンを履いていない。
ものすごく走ってきた様子だ。

梅図「うん」
太一郎「…………母さん」
梅図「なんでズボン履いてないの?」
太一郎「あれ!」
弘樹「あれじゃないよ。親子そろって、なにやってんのよ」
梅図「いやだ (笑う)」
弘樹「笑い事じゃないんだな。ねえ、早乙女くん。もう、さあ、いっそ呼んじゃう? 警察? あんた言っても聞かないんだろ?」
太一郎「やめてよ弘樹さん、それだけは。78歳なんだよ、牢獄は勘弁してよ」

梅図「…………8回目だよ」
弘樹「もう、かばいきれないよ。店員の手前もあるしさ」

間。

土下座する太一郎。

弘樹「やめてくれよ。パンツ一丁で説得力ないから」
梅図「土下座は違うから」
トメ「土下座するようなことじゃないよ」
弘樹・梅図「土下座しても、すまないからだよ!」
弘樹「わー、ちきしょ、こんなときだけ、息合ってもさ」
太一郎「(泣く)なんで…………母さん、なんでやる?」
トメ「…………わかんないよ…………。だってやってる意識がないんだもの。びっくりするよ、店員のねえちゃんにさあ、肩つかまれて初めて、あ、やっちゃった! ってなるのよ」
太一郎「なによ。だったら、梅図行かなきゃいいじゃないの。俺、学校の先生だぞ。立場、考えよう?」
トメ「…………梅図来ないと退屈なんだよ」
太一郎「どうした? なにが退屈? テレビがあるじゃない」
トメ「あんたが、学校行ったあと。家ん中、砂漠みたいになるんだよ。砂漠でテレビ見てると逆に恐くなんだよ。ミヤネさんが亀に見えてしょうがないんだよ」

太一郎「なによ。いっぱいあるじゃない、行くとこ。公園とか、踊り場とかで、オカリナとか吹けばよかろう」

トメ「よくねえよ！　…………キチガイ見る目で遠巻きにされてさ、死にたくなるだけよ、あたしゃあ。でも、ここはさあ、レジ通んないで外出るだけで、だいたい、ちょっとちょっと、って声かけてくれるのよ。あったかいよ」

弘樹・梅図「あったかさはないよ！　…………またそろっちゃ…………(舌うち)」

弘樹「んんん。じゃあさ…………こうしよう！　太一郎くんの世話になるか？」

梅図「…………うん」

太一郎「ん？　世話になる？」

弘樹「離婚届のね、証人探してたの。ハンコ持ってる？　持ってるわけないか。じゃ、下の文房具のとこで探して勝手に押しとくからさ(離婚届を出す)」

太一郎「離婚届け…………(梅図を見る)」

梅図「うん。なかなか人に頼めないでしょ、辛気臭《しんきくさ》くて」

弘樹「じゃ、ここの証人の欄に、名前と住所書いてくれる？　それで今日のチャラにするから。ごめんね。こんなタイミングで頼んじゃって。やだ？」

太一郎「いや…………ありがたいよ(書く)」

弘樹「(梅図に)これ、役所持ってったら、おまえ、中村幸子に戻れるから。ただ最後に言っとくけどさ…………40過ぎて、そうやすやすと、おまえが言うみたいに第2の人生見つかるほど、今の日本、甘くないからな。がんばれよ！」

梅図「そういう余計な一言がなぁ………ミニバン乗ってく？　だったら、トメさんも送ってってあげて（鍵を投げる）」

弘樹「（受けとって）うん。行くか、トメさん」

トメ「仲悪いの終わるのかい？」

梅図「そうだよ」

トメ「そうかい、それも寂しいね」

弘樹「言っとくけど、もうこれ以上離婚できないからね」

トメ「自分に………（苦笑）自信がないよ、太一郎」

弘樹とトメ、去る。

梅図「………オードムーゲにダイゴロウだって。トメさんが、万引きするの、いっつもあんたのもんばかりだね。………おや（商品を出して）………♪岡本理研ゴムー（笑う）」

太一郎「………共立美容外科ーみたいに言わないで」

梅図「（手を叩き）はい、やっと中村幸子に戻りました。はーっ、楳図かずおっぽさ、一つ消えた。いけね、ぐわし、してる！　てへぺろ」

太一郎「まだ………30分はかかるでしょ。役所でいろいろ、手続きがあるから」

梅図「（太一郎に抱きつき、甘い声で）嬉しくなーの？　嬉しくなーの？」

太一郎「…………」

梅図「あの人、最後まで気づかなかった。あたしたちのこと。ふーっ。逃げ切れた感、あるなあ！　あなたがいなきゃ、離婚に踏み切れなったかも。だって、この倉庫で、何度も、あたしたち…………」

太一郎「…………んー。どうでしょう。それは、ほら、母さん、いつも見逃してくれてたから…………ね。そう言う気持ちも多少………」

梅図「昔『高校教師』ってドラマがあってさ、あたし高校教師との恋愛に憧れてて…………ああなりたい、ああなりたい、って思ってたら、こんなんなっちゃった」

太一郎「ちょっと意味が違うと思うけど…………」

梅図「大好きだよ（太一郎に濃厚なキス）」

間。

太一郎「…………もー！　なんでそんなにキスが甘いの！　そんな不二屋のネクターみたいなキスほかにないよ！」

音楽。

激しくむさぼり合う二人。

梅図「あたしが好き？」

太一郎「いつも母さんを見逃してくれるあなたが好き」

梅図「………あたし、お母さん、退屈させないよ。怖え絵とか、描けるから！　毎日怖い絵見てたら、お母さん、万引きしなくなるよ。ね！　ね！（コンドームの箱を開ける）」

太一郎「…………ふぁん」

N２「早乙女太一郎さんみたいな人間のクズは、意外と、みんなの周りに、平気な顔をして生きているのかもしれません」

音楽の中、弘樹とトメが、駐車場までの道のりをトボトボ歩いている。
急に、感情が抑えられなくなり、嗚咽する弘樹。
弘樹の背をさすりながら歩くトメ。

弘樹「ちょっと、事故起こすかもしんないから、車乗らないほうがいいかも………」

トメ「事故で死ぬのが夢だよ」

弘樹「なんでそんなこと言うの」

トメ「生きてること自体が迷惑なのにさ、病気で死んだら、ますます迷惑かけるもん」

N２「太一郎さんのお母さんのトメさんが辛気臭いことを言っている頃、轍ヶ丘高校演劇部では、朝丸さんによる小さなお芝居が演出されていました」

部室。

ドアを開けて入って来る白石。

詠美「……どこ行ってたの？」

白石「ちょっと、ゲーセン」

詠美「ゲーセン!?」

白石「太鼓の達人」

朝丸「あの流れで？」

詠美「自由すぎない？」

白石「(切れる)あたしほら2個ダブってるから。じゃ、ダブれる？　2個も？　逆に！」

草間「……先生はどうしたんですか？」

白石「……あたしを追い抜いて、どこかに行っちゃった。今やっぱり、勢いのある人だから。

……あれ、エイドリアンさんだっけ、いたよねえ」

朝丸「あの人ね……ちょっと、なんか、気分じゃないって言って帰ったよ」

どこかの道をトボトボ歩く、エイドリアン。

N2「エイドリアンさんは、朝丸さんにあるショックな報告を受け、途方に暮れてわけもなく歩いていたのです」

ハッと、思いついたように、メモをポケットから出し、携帯で電話する。

エイドリアン「…………ハロー…………（英語で）生きてたのね!?　信じられない！　今行きます！
（去る）」

部室。

会田「白石さん、あの、朝丸さんが僕らに稽古つけてくれたの見てくれませんか？」
白石「…………稽古？　ふっ」
朝丸「笑われちゃった。まあ、いいか、俺もよくわかんねえでやってたやつだから。でも一応これ、演劇界では最先端って言われてたうちの劇団がね、パリ公演でやったやつの抜粋だけど」
白石「え？　ちょ、最先端？　パリ!?」

シャンソンのインストが流れる。

朝丸「まあ、やってみよう。はい！」

寸劇が始まる。皆、変な動きをしながら、たるいスチャダラパーみたいに喋る。

会田「それは、ある日の朝って言うか」
大麻「明後日《あさって》の朝っぽい朝って言うか」
詠美「明後日って言うか朝って言うか、昼って言うか」
草間「朝とも昼とも言えない時間ってあるじゃないですか、みたいな気分で」
会田「いや、気分でって」
詠美「気分にも届かないような気分で」
会田「いやいや、それじゃ気分に失礼でしょって」
草間「じゃ逆に、気分としか言えないような気分で」
大麻「その逆に、もっとも気分で」
会田「いや、もっとも気分でって。まあ、そう言ってもいいかな、みたいな感じのノリで」
草間「いいかなって、言うほどよくないけど」
大麻「それは」
草間「いいけどって、言うほどよくないけど」
会田「それは」
草間「いいけどって、言うほどよくないけど」
大麻「おいといて」
全員「おいといてって」

間。

会田「それは、ある日の朝って言うか」
大麻「だから、それはつまり。世界が」
詠美「世界が？」
草間「世界が始まる？　ような終わりの中で女の子が自殺って」
全員「♪らーらーら、ららーら、言葉にできない」
詠美「って歌っちゃってるような」
会田「って、だから、歌はいいとして、それを言葉にしようって話だけど。………言葉って！　いやいや、つまり？　つまりってこともないけど、それはある日の朝、って話でも実はなくて………」
朝丸「（突然ものすごくぶち切れる）もういいよ！………くそつまんねえ！　自分で作ったけど、なんだこれ!?　こら！　………おまえらおもしろいと思ってやってんのか、それ！　こら！　警察呼ぶぞ」
詠美「正直、わけわかんない」
大麻「やらされてる感はあります」
朝丸「なに？」
大麻「やらされてる感はありますっていうか」
会田「やらされてる感っていうか、視点を変えるとやってる感もなくはなくて」
草間「（変な動きで）いや、やってる感って………」

朝丸「（ぶん殴る）始めるな！　なに、ちょっと気にいっちゃってんの？　やらされてる感以外なんにもないんだよ！　こういうのが90分、美術セットもなんもない舞台で、延々続くンだ。俺、3年いたけど全然わかんなくてさ。別にギャラが出るわけじゃねえし。でも、主宰の人がなんつうの、リアルに勉強できる系の顔してっからインテリうけよくてさ、それでなんか文化事業枠的な？　税金無駄遣い的な？　うまい手使ってパリ公演とか行けてたんだけどさ。どうだった？」

白石「まったく面白くないけど、インテリに……受けるの？」

朝丸「……ああ。やってるほうはまったくわかってないけどね」

白石「パリに……行けるの？」

朝丸「ああ。俺、お好み焼きしか食えないから、ありがたくないけどね」

白石「うちの演劇部の、顧問になってください。……いや、もう、すでに出てます。（フランス語っぽく）顧問感《コモンカン》」

白石、朝丸の手を握る。
突然、スタッフが走って来て、その手のアップをビデオカメラで撮り、それが映し出される。
ものすごく指をからめ、こねくりまわしている白石。

N2「轍ヶ丘高校の演劇部に、新しい顧問が誕生しました。公務員の安定感が、パリというキーワードに敗北した瞬間です」

白石「ただ、気になることがあるんです。……生理が遅れているんです。明日、病院に行ってみようと思います」

N２「一方、エイドリアンの尋ねる先は、轍区立総合病院の外科病棟でした」

首にギプスをし、ベッドに横たわるビンチャック。

ここから二人はほとんど英語で喋るので字幕が出る。

ビンチャック「よかった、来てくれて」

エイドリアン「あの時、死んだかと思った」

ビンチャック「簡単には死なない、軍人だから」

エイドリアン「軍人？」

ビンチャック「ベンガロン共和国で軍事訓練を受けてた。そこで英語も習った」

エイドリアン「本当に？　もっとチャランポランな人かと思ってた」

ビンチャック「それはベンガロンの国民性だから。政治がダメになったらクーデター起こせばなんとかなると思ってるみたいな国だから」

エイドリアン「…………わたし、あなたのボスの運慶さんに知らない間に借金ができていた。さっき運慶経由で弁慶の部下の朝丸に請求書を渡されたの」

ビンチャックに請求書を見せる。

映像で、内訳がドーンというＳＥとともに照射される。

「請求書・エイドリアン・コーエン様」

「個人タクシー利用料・2万円也」

「害獣駆除料・2万3千円也」

「クラブ・ニュー弁慶飲食料・2万5千円也」

「スナック・メリケン波止場飲食料・7万円也」

「弁慶および朝丸様への、債権一本化委託手数料・5万2千円也」

「以上、合計190000円、運慶金融より請求します」

「なお、金利は週2割です。よろしくお願いします」

ビンチャック「……これは、危険な請求書です」
エイドリアン「私の知らない間に、全部、一緒になってる」
ビンチャック「日本の法律的には、成立しない。だけど、運慶はギャングだから、逃れられない。早く支払わないと、1カ月で10万円以上の金利がついてしまう……」
エイドリアン「……なんてこと！　私は手元に生活費15万円しか持ってない」
ビンチャック「金を返せないと外人専用の風俗に売られるよ。いや、むしろ、この請求書の狙いはそっちにあるな」
エイドリアン「無理！　無理！」
ビンチャック「大丈夫。15万円あれば、一緒にベンガロンに行ける」
エイドリアン「ベンガロンに？　なぜ？」

ビンチャック「私に連絡があった。牛頭さんは、今、ベンガロンで地雷撤去のボランティアをしている。私の国の話を聞いて、どうしても行きたくなったそうだ」
エイドリアン「本当に！」
ビンチャック「彼は真のボランティアです。私があなたを連れていく。急いだほうがいい。今日、成田を発《た》とう」
エイドリアン「危険ではないのですか？」
ビンチャック「大丈夫。現在、政権は安定してる」
エイドリアン「運慶は？」
ビンチャック「私はいざとなれば、運慶の弱みを握っているから。私に任せろ（立ち上がる）！」
エイドリアン「こんなにかっこいい人だとは思わなかった！」

ズゴオオオオオオと、ジェット機の飛行音。
追いかけるように西部劇っぽい音楽。

N2「こうして、エイドリアンさんは、ビンチャックさんとともに、日本に来て二日目にして、はるばるベンガロン共和国へと出国したのです」

背景に飛行機が飛び、日本からベンガロン共和国までのグーグルアースみたいな地図が背景に流れる。
ベンガロンの風景。

路地。

運慶に殴られながら弁慶出てくる。

運慶「バカ野郎、この野郎！　おめえがついててどういうことだ！」

弁慶「(たんこぶだらけ) すんません！　まさか、あいつらがつるむとは！」

運慶「二人とも外人だぞ、なめんな！」

弁慶「だって、あまりにも種類が違うから！　か、金は、俺が弁償しますんで兄さん、ほんとすいません！」

運慶「それは、当たり前だ。ビンチャックの入院費に20万もかかってんだからな！　ペナルティつけっぞ。あのタクシーの運ちゃんの70万だっけか、それの債権、30万で俺に売れ。それでチャラにすっから」

弁慶「………………わ………………わーりました」

運慶「お？」

弁慶「わかりました」

運慶「借用書とかあんのか (財布から札を出す)」

弁慶「ありますけど、今、持ってないす」

運慶「じゃ、代わりになんか出せ。ほら、金だ」

弁慶「代わりになんか？」

運慶「なんでもいいんだよ、なんか出せ、今出せるものを。サッと出せ。フィーリングで出せ」

弁慶「（ポケットをあさって、あったものを出す）…………今、これしかないす」
運慶「こりゃあ、…………（たとえば）リップクリームじゃねえか！　おい！　おい！」
弁慶「はい」
運慶「…………今、塗れってのか」
弁慶「…………まあ、そうす」
運慶「…………怖いぜ」
弁慶「いってください」

運慶、リップクリームを塗る。

運慶「…………これ、口紅じゃねえのか？　おい！　おい！」
弁慶「…………いや。…………口紅でした」
運慶「…………。ま、後で、改めて借用書はもらうよ。なんでもいいから出せって言った俺が悪かった。敬礼！　…………金はともかくだ。ビンチャックの野郎よ、俺んちからとんでもねえもんを盗み出していきやがった。そっちが問題なんだよ」
弁慶「なんすか？」
運慶「…………あんときのビデオテープだ」
弁慶「…………（ものすごく驚く）ええ!?　うわあああっっぁ！」
運慶「みんなに召集かけろ。緊急会議だ」

弁慶「わあかりました（携帯を出して電話しながら去る）！　うううう、やばいぃいい」
運慶「…………うううう！」
N2「そのビデオテープがなんだったのか。それは後に明かされますが、ビンチャックさんが運慶さんの部屋から盗み出したものは、それだけではありませんでした」
運慶「…………あのやろう」

運慶とビンチャックが安ホテルのベッドで裸で思い切り戯れている写真が、何枚も背景に浮かぶ。

運慶「俺たちの…………大切な思い出の写真を！　あれをばらまかれたらと思うと…………いーーーやーーー！」

どこかの窓が開く。
シミズ姿のアカネが電話に出る。
どこかのラブホテルらしい、みだらな電気がついている。

アカネ「え？…………あのビデオテープを⁉　ま、まずいじゃん！」

道。
弁慶、梅図、太一郎と、一緒にいる。

弁慶「非常にまずい。な（携帯を渡す）」
梅図「まずい（渡す）」
太一郎「まずいまずい（返す）」
弁慶「………これが、現実だ。あいつら、もう、日本にいない」
アカネ「どうするの？」
弁慶「6時に運慶兄貴の家に集合。できます？　文治も連れて」
アカネ「………あと、30分。………なんとかする（一回窓から去ろうと）」
弁慶「ちなみにアカネさん、今、どこにいます？」
アカネ「………や。ぅ。茶室」
弁慶「茶室………そう。蒲生、いるでしょ。いたら代わって」
アカネ「………いないよ」
弁慶「みんな知ってますよ。まったく知りたくないけど、残念ながら（携帯を渡す）」
梅図「………知ってるよ（渡す）」
太一郎「知ってる知ってる」
弁慶「これが、現実だ。いるなら代わって」
アカネ「…………（後ろに携帯を差し出す）ばれてる」

半裸の蒲生、窓に現われる。

蒲生「え？　（受け取り）誰に？」
アカネ「たぶん、みんな」
弁慶「もしもし、俺だ」
蒲生「弁慶……」
弁慶「なにも言うな、おまえが誰とどう乳繰《ちちく》り合おうが、興味はない。だけど、蒲生………借金の件だがな」
蒲生「うん。明日には………」
弁慶「………ごめん」
蒲生「ん？　え？」
弁慶「だから………ごめん。想像しろ。想像通りだ」
蒲生「え？　冗談だろ？　待って」
弁慶「ごめん」
蒲生「………やめて、まさか」
弁慶「今後、利子のパーセンテージとかは」
蒲生「いやいやいや。利子ってなんだろう？」
弁慶「利子の件は、運慶兄やんの判断になってくるから。とりあえず土下座の用意しとけ」
蒲生「うそそうそ！　うーそ、待って！」
弁慶「余裕ねえんだよ！　俺だって！　サラ金の審査にも通らなくてよ、ヤクザの弟分によお、担保

もねえのに金を借りるってなあよ。こういうことなんだよ！　不倫バカ野郎が！（携帯を切る）
行こう」
梅図「…………怖い」
太一郎「怖い怖い」

3人、去る。

アカネ「蒲生くん…………」
蒲生「（真っ青で）…………いーーーーやーーーーーー!!」

暗転。
ちょっとアジアっぽいようなジャングルっぽいような音楽。

N2「成田空港からエイドリアンさんとビンチャックさんを乗せたベンガロン・エアラインは、7時間半後にベンガロンの首都、ワッジャートイに着き、それから、ジャングルの中の陸路をレンタカーで5時間かけて、ビンチャックの故郷チャレンモガ村を目指します」
ビンチャック「（ジープを運転しながら）もうすぐ着くから」
エイドリアン「あなたの村に、牛頭さんはいるんですね」
ビンチャック「大丈夫」

閃光とともに爆音。

N2「ビンチャックさんが大丈夫と言ったその次の瞬間、ベンガロンで爆弾テロが起き、また内戦が勃発《ぼっぱつ》しました。ベンガロン人同士の血で血を洗う争いがまた始まったのです。ビンチャックさんは、帰国タイミングバカ野郎です」

ジャングルの中から、ジープがめちゃくちゃに砲撃されているように見える映像。
『プライベート・ライアン』から借りて来たような砲撃音や射撃音。

ビンチャック「うわあああああああ！」
エイドリアン「nooooooooooo!!」

ジープの一部が爆発し、草むらから、武装したベンガロン人のゲリラ2名が飛び出し、マシンガンを構える。
ジャングルの音。

ゲリラ1「(叫ぶ) チャン、テインパン、ジャバ！(敵か)」
ゲリラ2「(叫ぶ) テインブン、アッカーガエ、ワイア、コンバイジャナ！(政府の人間か)」
ビンチャック「カーキャンワッイー、チャレンモガ、テインブン、チャーブリ、ナバ！(関係ない。チャレンモガの故郷に向かっているだけだ）」

ゲリラ1「エンジャ？　イ、ワッガンルブル、ガーイ！　ガーイ！（車を降りろ）」

エイドリアン「（英語で必死に「私はツーリストです」と、訴える）」

ビンチャック「英語通じない。車から降りろと言っている」

エイドリアン「殺される……降りたら殺される……」

ビンチャック「降りないともっと、殺される。大丈夫。言うことを、聞けば大丈夫」

エイドリアン「わかった……言う通りにする……（英語で）交渉して……」

ビンチャック、兵士たちの前でマジックを見せる。
ものすごくぶん殴られるビンチャック。

エイドリアン「NOO！」

ビンチャック「大丈夫……大丈夫」

再び、マジックを披露するビンチャック。

エイドリアン「なぜ、マジック？」

ビンチャックの足を銃で撃つゲリラ2。

ビンチャック「うん」

エイドリアン「…………ビンチャック？」

ビンチャック「もう、だめだよ」

エイドリアン「ＷＨＡＴ⁉」

ビンチャック「マジックは一番やっちゃいけないことだ」

エイドリアン「なぜやった？」

ゲリラ２「テジャ！　イバナ！　テジャメチュンガ！（こっちに来い）」

ゲリラ２、エイドリアンを乱暴に引きずり倒す。

ゲリラ１「アチュンゲ！（歩け）」

ゲリラ２「アチュゲ！　チョンワンガーイー！（森の奥に歩け）」

二人、ゲリラたちに促され、歩く。

Ｎ２「エイドリアンさんとビンチャックさんは、反政府ゲリラに促され、森の奥へと連れ去られました。何千年にわたり、文明と隔絶された生活をする原住民、ナフルグ・ホバ族が住むという、ベンガロン人もほとんど入らない深い森へ…………」

森の奥。
ジャングルっぽい音がさらに…………。

ゲリラ２「ペンパダッチャーワイ！　フンチョワン、ワムンビン！（こいつら金持ってない。意味ない）」
ゲリラ１「アチュゲ！　アチュゲ！（ひざまずけ）」

二人とも銃でうながされるまま、膝をつく。
二人の後頭部に銃を突きつけるゲリラたち。

エイドリアン「これ…………殺されるパターンのやつではないですか？」
ビンチャック「大丈夫」
エイドリアン「ＷＨＹ！　なにが？　どこが！」
ビンチャック「もう、あきらめているから」
エイドリアン「ＨＡ？」
ビンチャック「ベンガロン人。命の大切さを、あきらめるスピードが早い」
エイドリアン「ＦＵＣＫ！」
ゲリラ１「（撃て）エベジャッ！」

矢が「ブーン」と2本飛んで来て、ゲリラたちの首に刺さり、腐り倒れる。

悲鳴を上げるエイドリアン。

ビンチャック「ほらね、助かった」
エイドリアン「一回、完全にあきらめた！」
ビンチャック「うん（倒れる）」
エイドリアン「……… p l e a s e！ p l e a s e！ ここで、死なないで！ わたし、帰れない！
牛頭さんはどこ！」

霧。

草木をガサガサと分けいる音。

不気味な太鼓の音楽。

無数の仮面を被った原住民が、弓矢や槍をかまえて出てくる。中には槍に首を刺したものもいる。

その中にたくさんのカメラを首から下げ、長髪で髭を生やし、バンダナを巻いた男。

男「私は日本人の学者だ。あんたアメリカ人か？ 日本語はわからないだろ？」
エイドリアン「………いいえ。少しわかります」
男「ラッキーだな。俺は、このジャングルの原住民ナフルグ・ホバ族の夫婦交換の文化の研究を、10年以上してる。こいつら、すごい、エロいから」

酋長「(わけのわからない言葉)」
男「精霊か、人間か？　と言っている」
エイドリアン「…………人間です」
酋長「(スマートフォンをいじっている)」
エイドリアン「？　…………」
男「『人間なう』って、ツイッターに書いてる。まあ、フォロワーは、こいつら20人くらいだけど、なぜか、フランシス・コッポラにもフォローされてる」
酋長「(わけのわからない言葉を喋る)スパム(という言葉出たら、終わりということ)」
男「人間なら聖なる火の前で、自分のことを話せ。…………このジャングルによその連中が来て争いを持ちこんでいることに、ジャングルの神がすごく怒ってると言っている。特にアメリカ人はジャングルの民族にいい印象を持たれてない。ベンガロンに武器を売ってるのはアメリカ人だからな。敵にも味方にも。さ、話せ」

原住民二人が、たき火の用意をする。

エイドリアン「…………自分のこと、話す？」
男「正直に話せ。この男はシャーマンだから、言葉はわからなくても嘘は見抜くぞ。嘘がばれたら、確実に殺される」
酋長「(突然立ち上がって怒鳴る)アブーワ！　マタタッ！　ンデジャッ、ッガウシ！」

男「今………ケツを虫に刺されたらしい。めっちゃ痛かったそうだ。気を付けろ。機嫌が一段と悪くなった」

全員が火を囲んで座る。
男は、酋長に時折耳打ちして、エイドリアンの話を伝える。
一人の女が笛を吹き始める。

エイドリアン「………私は、28歳のアメリカ人です。スーパーストアで働く両親の家で生まれて、育ちました。父の父は、ドイツからの移民です。………牛頭さんという日本人を探しています。このベンガロン人に案内されて、ここまで来ました。牛頭さんとは………10年前、ハイスクール時代に、ニューヨークで一カ月ほどボランティアで一緒に過ごしただけです。………その他は、ずっとメールで、恋愛のこと、音楽のこと、いろんなアドバイスを、もらっていました。でも、それだけです………。高校を卒業し、私は………私は、（少し苦しげに）音楽の専門学校に行く、と、親に嘘をつき、入学金を持って、当時恋愛していたバンドマンと、ある町に駆け落ちしました。………3年たって、子供ができました。そうしたら、そのバンドマンは、私を捨てて、どこかへ行ってしまいました。私は………日本レストランのウェイトレスのアルバイトしながら子供を育てていました。日本語は、そこで覚えました。でも、疲れた。私は若かったし、もっと遊びたかった。だから、その町で出会ったライブハウスの社長の………愛人になりました。その彼に、ナイトクラブのオーディションをすすめられて、いくつか、受けました。私は、音楽で仕事をするという、10代の頃の夢を思い出し、とても楽しかった。…………だから、クラブのオーナー、お金持ちの客、いっぱい遊んで………いっぱい寝て、仕事をとっていました。ドラッグもやっていたし、ステージ衣装にお金がかかるから、借金もいっぱいしました。でも、すぐに悪い噂がたって、ライブハウスの社長の奥さんにばれました。…………その噂…………『エイドリアンは仕事さえくれれば誰とでも寝て、金をたかる、ジャンキーの女だ！』という噂が、町中に拡がって、警察にもマークされて（泣きだす）…………私は町にいられなくなりました。だから私は、子供を、親に預けました。『日本にフィアンセがいる』と嘘をついて、そして、借金を踏み倒す形で、牛頭さんを頼ってここまで来たのです。逃げて来たのです。…………これが私。国も家族も捨てて、牛頭さんという、赤の他人の、不確かな、良心にすがりつきたいだけ。無様《ぶざま》なアメリカ人…………これが、本当の私」

間。

酋長、すっくと立ち上がり…………

酋長「…………ヤリマン」

男「………俺が彼に教えた唯一の日本語だ」

全員「ヤリマン！　ヤリマン！　ビャクヤ！　ビャクヤ！」

酋長「（ジャングルっぽい言葉で、ごにょごにょ言って）スパム！」

酋長たち、ジャングルに帰って行く。

男「あんたが、きれいな心の持ち主なら、すぐに殺してその心臓を抉《えぐ》り出しただろう。それをジャングルの神に捧げ、この争いを鎮《しず》める儀式をしようと思ったけど、ただの何の変哲《へんてつ》もないヤリマンだから、儀式が汚れる。使い道ないって。眠くなったから帰るって」

エイドリアン「…………（哀しく笑う）変哲もない、ヤリマン」

男「命拾いしたな！　ヤリマンで！」

エイドリアン「……………」

ビンチャック「……うらん！」

エイドリアン「忘れてた！　大丈夫か！」

ビンチャック「大丈夫。渡したいものがある」

男、エイドリアンをビデオで撮っている。

エイドリアン「なぜ、撮るの？」

男「もう、10年ジャングルにいる。ズリネタがほしい」

ビンチャック「（封筒を渡す）…………嘘をついてた」

エイドリアン「？？」

ビンチャック「牛頭、この国に、いない」

エイドリアン「ＷＨＡＴ！」

ビンチャック「いない」

エイドリアン「…………（震える）少しもいない？（両手を少しだけひろげ）これくらいもいない？」

ビンチャック「これくらい、いられたら、怖いと思う。どこにいるかも、まったくわからない。あんまり、喋ったことないし。全然、知らないし」

エイドリアン「なぜ！…………だました？　私をなんだと思ってるの！（怒る！）死にかけたぞ！バカか！」

ビンチャック「二つ理由ある。帰る金がなかった。もうひとつ…………あなたを母親に会わせたかった」

ビンチャック、死ぬ。

エイドリアン「ビンチャック！　ビンチャック！」

エイドリアン、封筒から手紙を出して読む。
ジャングルの美しい星空にビンチャックの顔が浮かぶ。

ビンチャック「（微笑んで）やあ、エイドリアン。君が手紙を読んでいるということは、私が死んだということかな。残念だ（親指をグッと立てる）！」

男「使い方、間違ってるぞ」

ビンチャック「だましたことをすまないと思うが、聞いてくれ。私の家族は、ゲリラに殺された。母親だけが、植物人間として生き残った。母親は、私が結婚して子供できるのを望んでいた。だから、エイドリアンを母親の前に連れて行って、結婚を誓おうと思った。『なぜ、私が？　あんたなんかと結婚するわけないでしょう』と思うだろう。でも、今の君には、帰る金がない。私のそばにいる以外、どうすることもできない。そのまま、ずるずると男女の関係になる」

エイドリアン「…………そうね。そうかもしれない」

ビンチャック「そういうだらしない女だと、最初からわかっていたよ（グッ！）」

エイドリアン「それ、やめろ！　めっちゃ、腹立つ！」

ビンチャック「せめてもの罪滅《つみほろ》ぼしに、運慶の家の金庫から、あるビデオテープを盗んできた。『３・１１　牛頭』と書いてある。それを見たら牛頭の行方がわかるかもしれない。それが、置き土産だ。……では、最後にこの手紙を利用して、ちょっとしたマジックを披露しよう。まず……」

エイドリアン、手紙をくしゃくしゃに丸めて捨てる。そして、封筒を逆さにしてビデオテープを出す。

エイドリアン「（男にビデオテープを差し出し）見せてください」

別の場所、運慶の家。
文治に土下座している運慶、弁慶、梅図、太一郎、アカネ。
呆然としている文治。

運慶「お願いだ！」
全員「自首してくれ！（再び土下座）」
文治「……………」

ジャングル。

男が、テープをビデオに入れて再生すると、どこかの原っぱで、牛頭のアップ、が背景に映し出される。

運慶とアカネが後ろでピース。

さらに後ろでは、太一郎、文治、弁慶、梅図が、大きな落とし穴を掘っている雰囲気がする。

牛頭「イエーイ！　牛頭でーす！　びっくりした？　エイドリアン。怪我してないよね。………せーの」
全員「ウェルカム！　ニッポン！」

皆、大騒ぎ。

呆然として、映像に見入るエイドリアン。

静かな讃美歌のような音楽。

牛頭「今ね、君が落ちた落とし穴をみんなで掘ってるの。わかるぅ？　今、日本はねえ3月11日のお昼。（振りむいて）早乙女先輩！　だいぶ掘れた？」

太一郎「今、3メートルくらい！　相当深いぞ」
牛頭「先輩、だめすよ、そんなんじゃ！　アメリカ人は『ジャッカス』とか『ダイ・ハード』とか見て育ってんだからさあ、5メートルくらい落ちなきゃ、ぜんっぜんびっくりしませんよ！」
太一郎「(笑う) おまえが掘れよ、バカ野郎！」
弁慶「おい、そこ崩れやすいから、気をつけろ」
運慶「おもしろいこと考えるよな、牛頭は」
アカネ「自分を訪ねて来た外人にいきなり落とし穴ドッキリって、最高だよね。エイドリアン！うける！」
牛頭「いやね、エイドリアン！　みんなもう、8時間もかけてさあ、君の落とし穴掘ってくれてるの！すごいしょ。ほとんど40代！　こういう最高の仲間が掘ってくれたやつだからね！」
太一郎「おい！　牛頭！　交代！　もう、腕が限界だよ！」
牛頭「わかりましたよー！ (後ろに去る)」

代わりに梅図と、文治がカメラのほうに入ってくる。
文治、でたらめな英語で挨拶。

文治「(べらべらべら)」
弁慶「(叫ぶ) 落ちた!?」
梅図「え？」

運慶「（走って来て）…………おい、牛頭、頭から落ちてっぞ」
文治「まじ？」
弁慶「…………死んでんじゃねえか！　これ、首完全に折れてるぞ！」
太一郎「あああ！　どうしよう！　やばい！　絶対やばい！　どうしよう！」
運慶「おい！　文治、カメラ！」

文治、帽子を脱いでカメラにかぶせる。

地震の音。

太一郎の声「あれ？　地震じゃね？」
梅図の声「でかいでかいでかい！　まじ、でかい、なにこれ」

カメラが倒れて、映像が途切れる。

エイドリアン「Ｏｈ　ｍｙ　ｇｏｄ！」
男「最悪じゃねえか…………」

運慶の部屋。

文治「…………あのとき、地震もあって、めちゃくちゃみんなパニくってた。だから、みんなで、埋めたよね…………わけわかんなくなって、牛頭くん埋めたよね」
太一郎「牛頭が東北にボランティアに行って、失踪したことにしようってのも、俺らの判断だ。だって、言えるか？　あいつの家族や、学校の生徒に、牛頭は、ドッキリで掘った穴に自分で落ちて死んだなんて。そんなバカ丸出しの死に方したやつの葬式、出れねえよ！」
梅図「あたしも、今回のビデオテープの件さえなければ、半分くらい、頭の中で牛頭くん、ほんとに失踪したって、ことになってたもんん」
運慶「あれが表に出たら、牛頭の名誉だけでなく、俺たちもやばい」
太一郎「歳とった母ちゃんがいるんだよ。どうするよ、おい」
弁慶「俺だって、店のみんなの生活あるし」
太一郎「最高のアイデアだと思うんだ。だって、文治さ、捕まったとしても、すぐに死ぬじゃん。け、警察行ったら、末期ガンならそっこう警察病院に入ってタダで治療してくれるよ。へへっへへ！」
運慶「おめえの兄貴の借金もチャラにしよう」
アカネ「あんたの抗ガン剤の借金200万円だよ。御恩返しのチャンスだよ！」
弁慶「ちょ、懲役1年ついたってよお、2か月で死ねば、10か月分大儲けじゃん！」
全員「そうだよ。すげー」
文治「…………そうだよね。けっこうな、儲けだよね」
太一郎「おまえさ、生きててさ、ガン以外これといってなんもなかったじゃん！　最後に、一花《ひとはな》さかせよう文治！　…………一人で埋めたことにしてくれ！」

全員、土下座。
号泣する文治。
音楽、続いて。
ジャングルの中を泣きながら一人歩くエイドリアン。

N2「3・11のあの地震と、牛頭さんの失踪は、なんの関係もなかったのです。バカみたいに騒いでバカみたいに死んだだけだったのでした。……………エイドリアンさんは、ビデオテープをジャングルに捨てると、学者に教えてもらったベンガロンの首都ワッジャートイへの安全なルートを一人歩きました。何日も何日も歩いて、たどりついたのは、ワッジャートイ一《いち》いかがわしい繁華街。その町で、エイドリアンさんがどうやって、日本への旅費を稼いだかは、ここではふれないことにします。……………それから二カ月、がたちました」

丘の上。夕方。
トメをおんぶした太一郎。轍区の街並みが見える。

トメ「降ろしとくれよ、恥ずかしいよ、太一郎」
太一郎「いいよ。昔、よく、俺おんぶしてさ、この丘から町、見せてくれたじゃん」
トメ「寒いよ、帰ろうよ」

太一郎「よく見とくんだよ。おまえは、この町で生れて、この町で大人になって行くんだよって」
トメ「ああ……そうだったかね」
太一郎「覚えて。母さん最近、なんでも忘れて行くからさ。この景色、覚えといて。あ！　タクシーは走ってる。あれ、蒲生じゃねえかな、ほら！　あいつまだやれてるんだ！　ねばるね！」

タクシー。
ラジオの曲がかかっている。
蒲生が運転し、助手席にアカネ。

アカネ「ほんとに、売っちゃうの？　車」
蒲生「ああ。……明日」
アカネ「戻れるの？　個人からまた、会社に」
蒲生「無理だよ。借金の利子に売り上げが全然追いつかねえ」
アカネ「……がんばったのにね」
蒲生「焦りすぎたな……ははは」
アカネ「このまま……どこかに行っちゃう？　ガソリンが尽きるまで」
蒲生「……」
アカネ「借金もなくなったし。あの人も楽になったんじゃない？」
蒲生「行っちゃいましょーか！　銀河の果てまで。ははは」

ラジオ「さて、続いてのリクエストは………埼玉の医療刑務所からラジオネーム、ブンジさんからですね。えー。私は2か月前からある罪で服役中です。末期ガンです……あらあ。………この手紙が届く頃、実は私は命がないかもしれません。最後のお願いです。私のためにずっと苦労して生きてきた兄が、20年前に一枚だけ出したレコードをかけてください。とのことです。えー、人生いろいろですね。それでは黒田五郎の『おまえの浮気のその中に』どうぞ」

♪よせばいいのに見つけてもうた
月が差し込むおまえの部屋で
赤い手帳を開いたときに
俺がいた　俺がいた
おまえの浮気のその中に
裸の自分を見つけてもうた

蒲生「(ラジオのスイッチを切って)………帰りましょう」
アカネ「………帰ろうか」

タクシー、旋回して帰って行く。
再び、丘。

太一郎「ほらほら！　あれが家。母さんが俺を産んでくれた家」
トメ「病院行くの間に合わなくてね…………つるっと産まれんだもん、あんた」
太一郎「母さん」
トメ「ああ？」
太一郎「孫ができるかもしれねえぞ」
トメ「…………まじ？」
太一郎「生徒に………手を出しちゃってさ………」
トメ「…………バカヤロー！」

ランニング姿の梅図が走って来て、太一郎の肩にナイフを刺して走っていく。

トメ「う、梅図」
梅図「(遠くから) 中村だぁ！」
太一郎「………まあ、今のはいいとして」
トメ「いいのかい!?」
太一郎「その子が、学校やめて子供産むのはいいけど…………どうしよう肩痛い…………ま、ま、万引きババアと一緒に住むのは辛気臭いからやだって聞かないんだ！」
トメ「…………ああ」
太一郎「(泣く) どうしようなあああ」

トメ「…………（降りて）ここに、捨てろ」
太一郎「…………なんてことを言うかなあア」

地上にはあの自動販売機と、バルさんの掘立小屋。
ビデオカメラを回す白石。

白石「白石恵。今日の私のビデオ日記。町は相変わらずですが、お腹の子は3カ月になりました。産むのか、おろすのか、先生からの連絡待ちです。朝から、ずーっと待ってます。あたしは………よく考えなきゃ。どっちに転んでも最小限の怪我で済むように。怪我《けが》だらけのこの町の人間と、あたしは絶対違うんだもの！　2年前にスカウトされたんだもの！」

エイドリアン、大荷物を持って現われる。その変わり果てたボロボロの姿。

エイドリアン「あなた…………演劇部にいた人………？」
白石「…………え？　あれ？　エイドリアンさん？　なんで、そんなんなっちゃってるの？」
エイドリアン「あなたのことは、なぜかよく覚えてる。…………あなたは、（顔をなぜて笑う）わたしと、同じ匂いがする人」

エイドリアン、自動販売機の脇に倒れこむ。

白石「ちょっと！　大丈夫！」
エイドリアン「千円………千円貸して………４００円でもいい」
白石「無理！　あたし、お金が必要になるかもしれないもん………そうだ。（バルの小屋に行き）バルさん、バルさん！」
バルさん「（出て来た）どうした………タヌキか？」
白石「外人」
バルさん「大変だ………。（近寄ってドイツ語で話しかける）どうした。大丈夫か？」
エイドリアン「（ドイツ語で）食べ物が欲しい」
バルさん「（ドイツ語で）わかった、食べ物だな」
エイドリアン「（ドイツ語で）………あなたは、優しい。でも、どうして、ドイツ語が喋れるの？」
バルさん「（ドイツ語で）いや、なぜだろう。歳をとり過ぎててわからんのだ。あんたと喋ってると、なぜか自然と出てくるんだ。あんたドイツ人かい？」
エイドリアン「（ドイツ語で）いえ、祖父がドイツからの移民で、小さな頃、ドイツ語を習いました」
バルさん「（ドイツ語で）ドイツからの移民？　あんた名前は」
エイドリアン「（ドイツ語で）エイドリアン・コーエン。………………ユダヤ人です」
バルさん「………………ユダヤ人」
エイドリアン「はい。ただの、変哲もない、ヤリマンのユダヤ人です。あなたはこの町で、一番優しい人。どうか、助けてください。バルさん」

バルさん「…………（小屋に入っていく）」

バルの頭の中に、第2次世界大戦の砲撃が鳴り響く。

小屋から犬の激しい鳴き声。

ゆっくり暗転していく。

大戦中のニュース映像やヒトラーの映像などがあれば…………。

N2「西暦1945年4月30日。第二次世界大戦末期のベルリンは、連合国側の圧倒的攻撃を前に陥落《かんらく》寸前でした。アドルフ・ヒトラーさんの腹心《ふくしん》、ヒムラーさんがヒトラーさんの許可なく、英米に降伏を申し入れたことで、ヒトラーさんは、完全に追い詰められ、総統官邸の地下壕《ちかごう》で進退きわまっていました」

総統地下壕。

強大なナチスドイツの鍵十字の旗が天井から下がっている。

低くくぐもる砲撃音。

砲撃により、天井から土がパラパラ落ちて来ている。

ヒトラーと、エヴァと、ゲッベルス。と、子供たち。

ここからは全員、ドイツ語である（できれば）。

ヒトラー「我が闘争は…………終わった」
エヴァ「愛しいアドルフ。私は、ともに、まいります」
ヒトラー「おお、エヴァ。全員が欺《あざむ》いた！　この国は、ナチスの思想を実現するに値しない国だったのだ！　我が国民は弱者であることが証明される。ナチスドイツはユダヤ人より劣っていたというのか！」

ゲッベルス、次々と我が子を射殺する。

ゲッベルス「…………我が子よ…………。総統。お別れです。お先に参ります」
ヒトラー「…………ゲッベルス…………」
ゲッベルス「おまえなんか大っきらい！　この、ブス専！（自分を打って死ぬ）」
ヒトラー「あ！　ちくしょう！　ゲッベルス、最後の最後になんていうことを！」

モノノベ博士が現われる。

モノノベ「ハイル・ヒットラー！」
ヒトラー「…………モノノベ博士。優秀な科学者である君を同盟国日本からはるばる招いたが、もう遅い。ベルリンは陥落する。君も降伏したまえ」
モノノベ「完成しました」

ヒトラー「…………まじか！」
モノノベ「物質転送装置を、ここへ！」

親衛隊員が、ものものしい物質転送装置を運んでくる。

モノノベ「東京の轍区に軍需工場があり、もう一台はそこに設置されています。これに乗れば、瞬時にして、日本に転送されます。日本で、ともに巻き返しを図りましょう」
ヒトラー「…………ユダヤ人をまだ、根絶やしにする希望があるのだな」
モノノベ「二つだけ、不安が。…………ベルリンは電力不足で、この装置では、お一人だけしか運べません」
エヴァ「では、お先に失礼します（乗りこむ）。ハイル・ヒットラー！」
モノノベ「いや、ハイル・ヒットラーじゃなくて…………おばさん。総統をお運びする装置です。ただし、もう一つ。なにぶん、実験不足ゆえに、転送後の再物質化の際、脳に障害が出る可能性もありますのです」
ヒトラー「脳に障害か…………微妙だな」
エヴァ「ならば、私が代りにハイル・ヒットラー」
モノノベ「（日本語で）だからダメだって言ってんだろ！　ばばあ！『ハイル』と『入る』を、かけてんじゃねえぞ、こら！」
親衛隊員「総統！　お急ぎを、ソ連軍がここを爆撃しています！」

ドーンと砲撃。

ヒトラー「さらば、エヴァ！　再び、ユダヤ人を根絶やしに！」

装置に乗りこむヒトラー。
バールのようなものでガンガン装置をぶん殴るエヴァ。

モノノベ「なにやってんだよ、こら！」

3人、争ううち、ヒトラーと、バールと、モノノベが装置に入ってしまい、転送が始まる。
ものすごい機械音。

声「（ドイツ語で）転送装置が作動しました。転送開始まで5、4、3、2、1」

ズズーンと、ひときわ高い砲撃音で暗転。

N2「それからしばらくして、東京の焼け跡に、日本人とヒトラーさんとバールのようなものが合体した記憶喪失の男が現われ、バルさんと呼ばれるようになったのです」

直前の場面と同じく、丘の上に太一郎とトメ。自動販売機と、バルさんの小屋。へたりこんでいるエイドリアン。よりそう白石。

白石「遅いね……バルさん。……そうだ、あたし、ランチパック持ってる（差し出す）」
エイドリアン「（叫ぶ）ランチパーック！（むさぼり食う）うまっ！ うーまっ！」
白石「……なんか、あたしが思ってるアメリカ人とだいぶ違うんですけど……」
エイドリアン「こんなもんだよ！ ざらに、いるよ！ プアホワイト、なめんなよ！」
白石「……すごいね」
エイドリアン「……あなた、演劇、やりたいの？」
白石「……うん。あきらめかけてもいるけど」
エイドリアン「だったらブロードウェイに行かなきゃ」
白石「ブロードウェイ……」
エイドリアン「ブロードウェイは最高の観光地だよ」
白石「へええ。（携帯が鳴る）お。待って（出る）」
太一郎「……白石」
白石「……（静かに）ずいぶん迷ったね、先生」
太一郎「白石……ごめん。ほんとにごめん」
白石「どっちのほうに、ごめん？」

太一郎「俺、母さんを捨てるわけにはいかない。この現実を受け止めてくれ……………白石」
白石「………おろせと」

間。

太一郎「………母さん、代わって。俺、肩が痛くて喋れない！（携帯を渡す）」
白石「え？　母さん？」
トメ「………ボケ老人、かかえる勇気ないんだろ？　じゃ、やめときな。そんなに生活ってのは甘いもんじゃないよ」
白石「………ちょ………待って。ふ、ははは！　これ、親づてなんだ？」
トメ「なんだよ。母親が息子を守って、なにがおかしい」

間。

白石「産んでやるよ。あんたの孫を」
トメ「な………なんだって」
白石「あんた70歳くらいでしょ。一番おいしいお年頃だよね。戦争からも放射能からもうまいこと逃げ切って、年金もらいながら、ぬくぬくボケていくつもりだろ！　そうはいくか、逃がさない！」
トメ「な………た、太一郎。この子、産むって」

太一郎「………え？　えー？」

白石「おろす気満々だったけど、気が変わった。目の前でのたうち回ってるアメリカ人みたら勇気が出てきた！　日本に戦争で勝ったアメリカ人が、わざわざ、放射能だらけの日本に、こんなにみっともなくすがりついて、あたしのランチパックにむしゃぶりついてる。指なめてる。うけるよ。まじ、パワーもらった！　ありがとう、エイドリアン。………万引きババアだかふんどしババアだか知らないけど、死ぬまで面倒みるよ。日本のいいとこどりして人生逃げきろうとしたあんたが、どうやって無様に死んでくか、見届けてやるよ。そのかわりさ………一度でいいんだ。あたしに世界を見せて！　ブロードウェイに行かせて。そのお金をちょうだい！　お母さん（携帯を切る）」

トメ「………怖い………怖い（座りこむ）。あの子にみとられるの、怖い！」

太一郎「母さんは、死なないから！　死んでもホルマリン漬けにして、玄関に置いとくから！」

トメ「いやだ………玄関は嫌だ」

自動販売機の前に戻って。

エイドリアン「あなた………子供を、産むの？」

白石「………うん。そしたらさ、ばばあに子供預けて、一緒にアメリカに行こうよ。エイドリアン。案内して」

エイドリアン「………あなたは、私と、同じ人。同じ人間（笑う）」

朝丸、現われて、

朝丸「（前歯がない）よお、悪いな、恵、待たせちゃって。今日も客少ないんだ。同伴頼むよ」

白石「いいけど、あたし……先生の子供産むことにしたよ」

朝丸「あ、そう。ん。うっすら理解した。ま、そんときは、そんときっしょ。みんなよ、うっすら生まれて、うっすら死んでいくのよ。（エイドリアンを見つけて）お……恵、先に店行ってろ」

白石、去る。

朝丸、エイドリアンのそばに行く。

朝丸「おかしいかい」

エイドリアン「すべらんなあ！」

朝丸「（蹴りあげる）どこ行ってたんだよ！　このクソ外人が！　おまえのせいで、俺がどんだけ弁慶にヤキいれられたと思ってんだ、この野郎！　見ろ。前歯ないホストがいるか？（髪の毛をつかんで）この町で借金踏み倒したらどうなるか教えてやるよ！　くっせ！　こんなんじゃデリヘルにも売れねえ！　錦糸町でタチンボやれ！　今からでも客とって金稼げ！　ったく、その前に風呂入れ、バカ野郎！」

バルさんが出てきて、バールで朝丸を殴る。

エイドリアン「…………バルさん…………ありがとう、バルさん」

バルさん、小屋から機械とダクトを持ってきて、

バルさん「ほんとに、ユダヤ人なんだな？」
エイドリアン「はい！」
バルさん「アウフ　ヴィーダーゼン（さようなら）！」

音楽とともに、ダクトから大量の殺虫剤が噴霧される。
エイドリアンの姿は見えなくなる。
煙の中、牛頭の顔の大写し。

牛頭「…………やっと会えたね」
N2「エイドリアンさん、久しぶりに会った牛頭さんは、どうですか？」
エイドリアンの声「よく見たら、肌、きったねえな！」

煙の中からエイドリアンが現われる。

［エイドリアン、日本語で独唱］

♪牛頭さん、確かにあなたは
うっすら生きていた
牛頭さん、そしてあなたは
希望を与えてくれた
だけど、あなたは
うっすら、死んでいた
自分で勝手に
うっすら死んでた

［以下、全員で］

♬牛頭さん、確かにあなたは
うっすら生きていた
牛頭さん、そしてあなたは
希望を与えてくれた
だけど、あなたは

うっすら、死んでいた
自分で勝手に
うっすら死んでた

牛頭さん
君のガラクタと
だましだまし生きて行く
勝手に死んだあなたに
どこかしら似ながら
どこかしら似ながら

子供を手にした太一郎と、トメ、白石が並ぶ。

似たものはしょうがない
生まれつきならしょうがない
かっこつけてもしょうがない
かっこつけてもしょうがない

エイドリアン「(叫ぶ) ウェルカム・ニッポン!」

太一郎「おまえ外人だろ」
二人「どうも、ありがとうございましたー!」

完

あとがきにかえて

子供の頃、死んだ犬が川を流れているのを見て、ショックを受けました。
ひどいときは牛が流れて来たときもありました。
上流の方で、放牧をしていたのです。
その川は雨が降るたび増水して、
子供たちはその中で浮き輪に入って遊んでいました。
海が満ち潮になると汚水が逆流してきて、吐き気がするほど臭いその川で。
川の水を浄化しようという運動が起き、
偉い人たちの考えで鯉を何百匹も放流したことがあります。
翌日、町のオヤジたちに一匹残らず釣り上げられていました。
オヤジたちはその川べりの酒屋でよく酒を飲み、
その川によく落っこちていました。酒屋の隣に風呂屋があったので、直行です。

酒屋のもう一方隣には塾がありました。
その塾の先生がアメリカ人と結婚し、町に初めてアメリカ人がやってきました。
そのことを思い出していたら、こんな芝居ができました。
関係ないけど、昨日、仕事をしていたら口から輪ゴムが出てきました。

二〇一二年二月

松尾スズキ

上演記録

「ウェルカム・ニッポン」
作・演出＝松尾スズキ

東京公演　２０１２年３月16日（金）〜４月15日（日）　下北沢本多劇場
大阪公演　２０１２年４月18日（水）〜４月22日（日）　シアター・ドラマシティ

キャスト

早乙女太一郎、ゲリラ1＝阿部サダヲ
早乙女トメ＝田村たがめ
エイドリアン・コーエン＝アナンダ・ジェイコブズ
蒲生昭三＝宮藤官九郎
弁慶、ゲッベルス＝荒川良々
黒田五郎、酋長＝松尾スズキ
黒田アカネ＝池津祥子
黒田文治、ゲリラ2＝宮崎吐夢
バルさん、弘樹、男、ヒトラー＝村杉蝉之介
ミヤコ、エヴァ＝伊勢志摩
朝丸、モノノベ＝近藤公園
白石恵＝平岩紙
詠美＝菅井菜穂
運慶＝皆川猿時
ピンチャック・シェットワージジャック・コーンチャーワン・ワーガイローン＝顔田顔彦
生徒・会田、親衛隊員＝井上尚
生徒・大麻＝矢本悠馬
生徒・草間＝青山祥子
梅図幸子＝宍戸美和公
牛頭＝少路勇介
ナレーション1＝萬田久子
ナレーション2＝ケラリーノ・サンドロヴィッチ

スタッフ

舞台監督＝舛田勝敏
照明＝佐藤啓
音響＝藤田赤目
映像＝ムーチョ村松
舞台美術＝伊藤雅子
衣裳＝戸田京子
ヘアメイク＝大和田一美
音楽・歌唱指導＝益田トッシュ
演出助手＝大堀光威、佐藤涼子
舞台監督助手＝武藤晃司、庭野瑛子
照明操作＝石井宏之、永井笑莉子
音響操作＝水谷雄治
衣裳助手＝伊澤潤子、梅田和加子
現場ヘアメイク＝綿貫尚美
映像操作＝大竹麻莉子
映像助手＝石田肇、吉田りえ、手代木梓
映像イラスト＝高野華生瑠

歌唱指導助手＝TOPPO
英訳＝アナンダ・ジェイコブズ、SAKURA、中井道子
ドイツ語訳＝戸村由香
通訳＝デイビット・ディヒーリ、アンドリューズ・ウィリアム
宣伝写真＝田中亜紀
宣伝美術＝山下リサ（niwanoniwa）
宣伝イラスト＝しりあがり寿
宣伝衣裳＝Chiyo
大道具＝C-COM（唐崎修）
小道具製作＝SHIN KEN KEN
制作助手＝河端ナツキ、北條智子、赤堀あづさ、能美山しの
制作＝長坂まき子
大阪公演後援＝FM802
大阪公演主催＝サンライズプロモーション大阪
企画・製作＝大人計画、㈲モチロン

著者略歴
一九六二年生
九州産業大学芸術学部デザイン科卒
大人計画主宰

主要著書
『ファンキー！〜宇宙は見える所までしかない〜』
『ヘブンズサイン』
『キレイ〜神様と待ち合わせした女〜』
『母を逃がす』
『まとまったお金の唄』
『同姓同名小説』
『宗教が往く』
『クワイエットルームにようこそ』
『老人賭博』

上演許可申請先
〒一五六‐〇〇四三
東京都世田谷区松原一―四六―九
カワノ松原ビル二〇一

ウェルカム・ニッポン

二〇一二年三月一五日 印刷
二〇一二年四月一〇日 発行

著 者 © 松《まつ》尾《お》 スズキ
発行者 及 川 直 志
印刷所 株式会社 三 陽 社
発行所 株式会社 白 水 社

東京都千代田区神田小川町三の二四
電話 営業部〇三（三二九一）七八一一
編集部〇三（三二九一）七八二一
振替 〇〇一九〇‐五‐三三二二八
郵便番号 一〇一‐〇〇五二
http://www.hakusuisha.co.jp
乱丁・落丁本は送料小社負担にて
お取り替えいたします

誠製本株式会社

ISBN978-4-560-08215-7

Printed in Japan

松尾スズキの本

ファンキー！
宇宙は見える所までしかない

この世にはびこる「罪と罰」を笑いのめせ！ 特異な設定・卑俗な若者言葉も巧みに、障害者差別やいじめ問題をも鋭く告発した、第41回岸田國士戯曲賞受賞作品。

ヘブンズサイン

なりゆきを断ち切るため、私の手首でウサギが笑う——自分の居場所を探している女の子ユキは、インターネットで予告自殺を宣言！ 電波系のメカニズムを演劇的に脱構築した問題作。

母を逃がす

「自給自足自立自発の楽園」をスローガンにした東北の農業コミューンから、はたして、母を逃がすことはできるのか？ 閉鎖的共同体の日常生活をグロテスクな笑いで描いた傑作戯曲。

マシーン日記
悪霊

町工場で暮らす男女のグロテスクな日常を描く「マシーン日記」。売れない上方漫才コンビの悲喜劇を描く「悪霊」。性愛を軸に男女の四角関係を描いた二作品を、一挙収録！

エロスの果て

終わらない日常を焼き尽くすため！ セックスまみれの小山田君とサイゴ君は、幼なじみの天才少年の狂気を現実化——。ファン垂涎の、近未来ＳＦエロス大作。写真多数。

ニンゲン御破産

風変わりな狂言作者が駆け抜ける……すごい迷惑かけながら。虚実のはざまで自分を見失うニンゲンたちを独特なタッチで描いた話題作。

ドライブイン
カリフォルニア

竹林に囲まれた田舎のドライブイン。「カリフォルニア」というダサい名前の店を舞台に、濃ゆ〜い人間関係が描かれてゆく。21世紀の不幸を科学する、日本総合悲劇協会の代表傑作。

キレイ［2005］
神様と待ち合わせした女

三つの民族が百年にわたり紛争を続けている「もうひとつの日本」。ケガレという名前の少女が七歳から十年、地下室に監禁されていた——。ミュージカル界を震撼させた戯曲の最新版。

まとまったお金の唄

太陽の塔から落っこちて、お父ちゃんが死んで……1970年代の大阪を舞台に、ウンコな哲学者や女性革命家たちの巻きぞえくらい、母娘三代、お金に泣かされっぱなしの家族の物語。